Leon Leyson wurde 1929 unter dem Namen Leib Lejzon in Polen geboren und gehörte zu den jüngsten durch Oskar Schindler geretteten Juden. Nach dem 2. Weltkrieg wanderte er mit seiner Familie in die USA aus, wo er später für viele Jahre als Lehrer arbeitete. Leon Leyson starb 2013, kurz nachdem er das Manuskript für dieses Buch fertiggestellt hatte.

Weitere Informationen zum Kinder- und Jugendbuchprogramm der S. Fischer Verlage, auch zu E-Book-Ausgaben, gibt es bei www.fischerverlage.de

DER JUNGE AUF DER HOLZKISTE

Wie Schindlers Liste mein Leben rettete

Erinnerungen von Leon Leyson
mit Marilyn J. Harran und Elisabeth B. Leyson

Aus dem Amerikanischen von Mirjam Pressler

FISCHER Taschenbuch

Für die Verwendung in der Schule ist unter www-lehrer.fischer.de ein Unterichtsmodell zu diesem Buch abrufbar.

FSC
www.fsc.org
MIX
Papier aus verantwortungsvollen Quellen
FSC® C014496

6. Auflage: Juni 2020

Erschienen bei FISCHER Kinder- und Jugendtaschenbuch, Frankfurt am Main, Februar 2015

Die amerikanische Originalausgabe erschien 2013 unter dem Titel ›The Boy on the Wooden Box. How the impossible became possible … on Schindler's list‹ bei Atheneum Books for Young Readers, an imprint of Simon & Schuster Children's Publishing Division, New York

Published by arrangement with Atheneum Books for Young Readers, an imprint of Simon & Schuster Children's Publishing Division, New York

Für die deutschsprachige Ausgabe:

Umschlagfoto: Jupiterimages/Thinkstock und Hemera Technologies/Thinkstock
Satz: Dörlemann Satz, Lemförde
Druck und Bindung: GGP Media GmbH, Pößneck
Printed in Germany
ISBN 978-3-7335-0048-1

Für meine Brüder Tsalig und Herschel
und alle anderen Söhne und Töchter,
Schwestern und Brüder,
Eltern und Großeltern,
die im Holocaust umgekommen sind.

Und für Oskar Schindler, der durch seine heldenhaften Taten tatsächlich eine »ganze Welt« gerettet hat.

Leon Leyson

Leon Leysons Route
DÄNEMARK
Bremerhaven
Berlin
DEUTSCHLAND
Wetzlar
Groß-Rosen
Prag
Brünnlitz
Salzburg
ÖSTERREICH
19
38
POLEN
Grenzverlauf
vor dem Krieg

LETTLAND
LITAUEN
OST-
PREUSSEN
UDSSR
Narewka
Warschau
POLEN
Auschwitz
Krakau
Płaszów
TSCHECHOSLOWAKEI
UNGARN
RUMÄNIEN

PROLOG

Ich muss zugeben, meine Handflächen waren schweißnass, und mir drehte sich der Magen um. Ich hatte geduldig in der Reihe gewartet, aber das bedeutete nicht, dass ich nicht nervös war. Ich war als Nächster an der Reihe, dem Mann die Hand zu schütteln, der mir so viele Male das Leben gerettet hatte … aber das war Jahre her. Jetzt fragte ich mich, ob er mich überhaupt erkennen würde.

Früher an jenem Tag im Herbst 1965, auf dem Weg zum Flughafen von Los Angeles, hatte ich mir gesagt, dass der Mann, den ich treffen sollte, mich vielleicht nicht mehr erkannte. Es war zwanzig Jahre her, dass ich ihn gesehen hatte, und dieses Treffen hatte auf einem anderen Kontinent und unter ganz anderen Umständen stattgefunden. Damals war ich ein magerer, halbverhungerter Junge von fünfzehn Jahren gewesen, kaum größer als ein Zehnjähriger. Nun war ich ein erwachsener Mann von fünfunddreißig. Ich war verheiratet, amerikanischer Staatsbürger, Kriegsveteran und Lehrer. Während andere sich vordrängten, um unseren Gast zu begrüßen, hielt ich mich im

Hintergrund. Schließlich war ich der Jüngste in unserer Gruppe, und es war nur gerecht, dass die Älteren den Vortritt hatten. Ehrlich gesagt wollte ich die Enttäuschung möglichst lange hinausschieben, dass der Mann, dem ich so viel verdankte, sich vielleicht nicht mehr an mich erinnerte.

Doch statt Enttäuschung spürte ich freudige Erregung, und mir wurde warm bei seinem Lächeln und seinen Worten. »Ich weiß, wer du bist«, sagte er mit einem Aufleuchten in den Augen. »Du bist der kleine Leyson.«

Ich hätte wissen müssen, dass Oskar Schindler mich nie enttäuschen würde.

An jenem Tag unseres Wiedersehens wusste die Welt noch nichts von Oskar Schindler, auch nichts von seiner Heldenhaftigkeit während des Zweiten Weltkriegs. Aber wir, die wir zum Flughafen gekommen waren, wussten es. Wir alle und über tausend weitere Menschen verdankten ihm unser Leben. Wir hatten den Holocaust wegen des enormen Risikos überlebt, das Schindler eingegangen war, wegen seiner Bestechungen und der Hinterzimmergeschäfte, um uns, seine jüdischen Arbeiter, vor den Gaskammern in Auschwitz zu bewahren. Er benutzte seinen Kopf, sein Herz und seine unglaubliche Gerissenheit, um unser Leben zu retten. Er überlistete die Nazis dadurch, dass er behauptete, wir wären kriegswichtig, obwohl er wusste, dass viele von uns, mich eingeschlossen, keinerlei besondere Fähigkeiten hatten. In Wahrheit konnte ich die Hebel der Maschine, an der ich arbeitete, nur erreichen, wenn ich auf einer Holzkiste stand. Diese Holzkiste gab mir die Möglichkeit, nützlich auszusehen und dadurch am Leben zu bleiben.

Ich bin ein ungewöhnlicher Holocaustüberlebender. Es gab so vieles, was gegen mich, und fast nichts, was für mich sprach. Ich war nur ein Junge, hatte keine Beziehungen und keine besonderen Fähigkeiten. Doch es gab etwas, was sich zu meinen Gunsten auswirkte, einen Grund, der alles andere übertraf: Oskar Schindler glaubte daran, dass mein Leben etwas wert war, und dass es sich lohne, mich zu retten, sogar wenn er dadurch sein eigenes Leben aufs Spiel setzte. Nun bin ich an der Reihe, alles in meiner Macht Stehende für ihn zu tun, und alles über diesen Oskar Schindler zu erzählen, den ich kannte. Meine Hoffnung ist, dass er nicht vergessen wird, so wie er mich nicht vergessen hat. Dies ist auch die Geschichte meines Lebens, und wie sich unsere beiden Wege kreuzten. Ich werde auch meine Familie vorstellen. Meine Eltern und Geschwister hatten ebenfalls ihr Leben riskiert, um mich zu retten. Sogar in der schlimmsten Zeit gaben sie mir das Gefühl, geliebt zu werden, und dass mein Leben wichtig war. In meinen Augen sind sie ebenfalls Helden.

EINS

Ich rannte barfuß über die Wiese auf den Fluss zu. Als ich unter den Bäumen angelangt war, riss ich mir die Kleider vom Leib, packte meinen tief herabhängenden Lieblingsast, schwang mich über den Fluss und ließ los.

Ein perfekter Sprung!

Während ich im Wasser trieb, hörte ich ein Platschen, dann noch eins, als zwei meiner Freunde sich mir anschlossen. Bald kletterten wir aus dem Fluss, rannten zurück zu unseren Lieblingsästen und begannen das Spiel von neuem. Wenn Holzfäller weiter stromaufwärts arbeiteten und drohten, unser Vergnügen zu stören, indem sie frisch gefällte Stämme stromabwärts zur Mühle treiben ließen, passten wir uns schnell an: Wir legten uns jeder auf einen Stamm und schauten hinauf ins Sonnenlicht, das sich in den Wipfeln der Eichen, Fichten und Kiefern brach.

So oft wir diese Spiele auch wiederholten, ich wurde sie nie leid. Manchmal trugen wir an jenen heißen Sommertagen Badehosen, wenigstens dann, wenn wir dachten, dass

Erwachsene in der Nähe sein könnten, aber meistens trugen wir gar nichts.

Noch spannender wurden diese Ausflüge dadurch, dass meine Mutter mir verboten hatte, zum Fluss zu gehen.

Schließlich konnte ich nicht schwimmen.

Im Winter bereitete uns der Fluss ebenso viel Vergnügen. Mein älterer Bruder Tsalig half mir, aus allen möglichen Materialien Schlittschuhe herzustellen, aus Metallresten aus der Schmiede unseres Großvaters und aus Rinden von aufgestapeltem Feuerholz. Wir waren sehr erfinderisch, was die Herstellung unserer Schlittschuhe betraf. Sie waren primitiv und plump, aber sie funktionierten! Ich war zwar klein, aber dafür schnell, und genoss es, mit den größeren Jungen über das holprige Eis zu schlittern. Einmal fuhr David, einer meiner anderen Brüder, über eine Stelle mit zu dünnem Eis. Er brach ein und fiel in das kalte Wasser. Zum Glück war es an der Stelle ziemlich flach. Ich half ihm heraus, und wir rannten nach Hause, wo wir unsere nassen Kleider wechselten und uns am Herd aufwärmten. Als wir wieder warm und trocken waren, liefen wir erneut zum Fluss zurück, bereit für ein neues Abenteuer.

Das Leben kam uns vor wie eine unendliche, sorglose Reise.

Nicht einmal die schrecklichsten Märchen hätten mich auf die Monster vorbereiten können, die ich nur wenige Jahre später treffen würde, auf meine knappen Chancen zu entkommen, oder auf den Helden, als Monster verteufelt, der mein Leben retten sollte. Meine ersten Jahre boten keine Anhaltspunkte für das, was kommen würde. Mein Geburtsname ist Leib Lejzon, obwohl man mich jetzt als Leon Leyson kennt. Ich wurde in Narewka geboren, einem Bauerndorf im Nordosten Polens, in der Nähe von Białystok, nicht weit von der Grenze zu Weißrussland. Meine Vorfahren hatten seit Generationen dort gelebt, besser gesagt, seit über zweihundert Jahren.

Meine Eltern waren anständige, hart arbeitende Menschen, die nie etwas verlangten, was ihnen nicht zustand. Meine Mutter Chanah war das jüngste von fünf Kindern, zwei Töchtern und drei Söhnen. Ihre ältere Schwester hieß Schejne, was auf Jiddisch »Schöne« heißt. Meine Tante war wirklich schön. Meine Mutter war es nicht, und diese Tatsache bestimmte die Art, wie sie von allen behandelt wurden, einschließlich ihrer eigenen Eltern. Bestimmt liebten die Eltern beide Töchter, doch Schejne wurde als zu schön betrachtet, um körperliche Arbeit zu verrichten. Bei meiner Mutter war das etwas anderes. Ich erinnere mich, wie meine Mutter mir davon erzählt hat, dass sie Eimer mit Wasser zu den Feldarbeitern schleppen musste. Es war heiß, und die Eimer waren schwer, aber diese Arbeit erwies sich letztlich als segensreich für sie – und für mich. Dort auf den Feldern erregte meine Mutter die Aufmerksamkeit ihres späteren Ehemanns.

Obwohl mein Vater ihr von vornherein den Hof machte, musste ihre Hochzeit von den Eltern arrangiert werden, zumindest nach außen hin. So war es damals in Osteuropa Sitte. Glücklicherweise waren beide Elternpaare froh darüber, dass ihre Kinder sich zueinander hingezogen fühlten. Schon bald fand die Hochzeit statt, meine Mutter war sechzehn und Mosche, mein Vater, war achtzehn.

Für meine Mutter war das Eheleben in vielerlei Hinsicht ähnlich wie ihr Leben zuvor. Sie verbrachte ihre Tage mit Hausarbeit, Kochen und der Sorge für die Familie, doch statt um ihre Eltern und Geschwister kümmerte sie sich nun um ihren Ehemann und bald um ihre Kinder.

Als jüngstes von fünf Kindern hatte ich meine Mutter nicht oft für mich allein, deshalb genoss ich es besonders, wenn meine Brüder und meine Schwester in der Schule waren und unsere Nachbarinnen zu Besuch kamen. Dann saßen die Frauen um den Herd, strickten oder füllten Kissen mit Gänsefedern. Ich schaute zu, wie sie die Federn sammelten, in Bezüge stopften und diese sanft hin und her bewegten, damit sich die Federn gleichmäßig verteilten. Ab und zu entwischten ein paar Daunen. Meine Arbeit war es dann, die Federchen zu fangen, die wie Schneeflocken durch die Luft flogen. Ich griff nach ihnen, aber meistens entkamen sie. Ab und zu hatte ich Glück und erwischte ein paar, dann quittierten die Frauen meine Anstrengungen mit Gelächter und Applaus. Gänse zu rupfen war eine harte Arbeit, und jede einzelne Feder war kostbar.

Ich freute mich immer auf die Geschichten und den Klatsch aus dem Dorf, die meine Mutter und ihre Freundinnen austauschten. Dann zeigte meine Mutter eine andere Seite ihres Wesens, eine friedfertige, entspanntere. So beschäftigt meine Mutter auch war, fand sie doch immer Zeit, ihre Liebe zu zeigen. Sie sang mit uns Kindern, aber natürlich sorgte sie auch dafür, dass wir unsere Hausaufgaben machten. Einmal hatte ich mich ohne vorherige Aufforderung an den Tisch gesetzt und lernte Mathematik, als ich plötzlich ein Rascheln hinter mir hörte. Ich war so konzentriert auf meine Aufgaben gewesen, dass ich nicht gehört hatte, wie meine Mutter hereingekommen war und angefangen hatte zu kochen. Es war keine Essenszeit, deshalb war es so überraschend. Dann stellte sie einen Teller mit Rührei vor mich hin. »Du bist so ein braver Junge«, sagte sie, »du verdienst etwas Besonderes.« Ich spüre noch immer das Glück, das in diesem Moment in mir aufstieg. Ich hatte meine Mutter stolz gemacht.

Mein Vater war immer darum bemüht, uns ein gutes Leben zu bieten. Er sah in der Fabrikarbeit eine bessere Zukunft als in dem Familienhandwerk des Hufschmiedes. Kurz nach der Hochzeit fing er deswegen als Maschinenschlosserlehrling in einer kleinen Fabrik an, die Glasflaschen in allen Größen herstellte. Dort lernte er, Gussformen für die Flaschen herzustellen. Dank seines Arbeitseifers, seiner angeborenen Geschicklichkeit und seiner Zielstrebigkeit wurde er regelmäßig befördert. Einmal wählte der Fabrikbesitzer meinen Vater dazu aus, an einem Fortgeschrittenenkurs als Werkzeugkonstrukteur in der nahen Stadt Białystok teilzunehmen. Ich wusste, dass dies eine wichtige Angelegenheit war, denn er kaufte sich speziell für diesen Anlass ein neues Jackett. Bei uns in der Familie wurden nicht oft neue Kleidungsstücke angeschafft.

Der Glasfabrik ging es sehr gut, und der Besitzer plante, das Geschäft durch einen Umzug nach Krakau zu erweitern, einer blühenden Stadt, über fünfhundert Kilometer in südwestlicher Richtung von Narewka entfernt. Das brachte große Aufregung in unser Dorf. Damals verließ man nicht so einfach seinen Geburtsort. Mein Vater war einer der wenigen Angestellten, die mit der Firma umziehen sollten. Er würde zuerst nach Krakau gehen, und wenn er genug Geld verdient hätte, würde er uns alle nachholen. Es dauerte ein paar Jahre, bis er so viel gespart und eine passende Unterkunft für uns gefunden hatte. Bis dahin kam er alle sechs Monate nach Hause, um uns zu sehen.

Ich war zu jung, um mich daran zu erinnern, wie mein Vater zum ersten Mal Narewka verließ, aber ich weiß noch genau, wie es war, wenn er heimkam und ein paar Tage mit uns verbrachte. Wenn er eintraf, wusste es das ganze Dorf. Mein Vater war ein großer, gutaussehender Mann, der immer viel Wert auf seine Erscheinung legte. Er mochte die eher formelle Kleidung der Männer in Krakau und hatte sich allmählich einige elegante Anzüge gekauft. Wann immer er zu uns kam, trug er einen schönen Anzug mit Hemd und Krawatte. Das erregte ziemliches Aufsehen unter den Dorfbewohnern, die an bequeme, einfache Kleidung gewöhnt waren. Ich wusste nicht, dass diese Kleidung uns dabei helfen würde, während der kommenden schrecklichen Jahre am Leben zu bleiben.

Die Besuche meines Vaters waren wie Feiertage. Alles war anders, wenn er zu Hause war. Unsere Mahlzeiten waren sonst meist sehr zwanglos, weil meine Mutter genug damit zu tun hatte, sich um mich und meine vier Geschwister zu kümmern. Das änderte sich, wenn mein Vater da war. Wir saßen alle zusammen am Tisch, auf dem die Gerichte serviert wurden. Es gab immer ein paar Eier mehr zum Frühstück und größere Portionen Fleisch zum Mittagessen. Wir lauschten seinen Geschichten vom Leben in der Stadt, gefesselt von den Beschreibungen modernen Komforts wie Toiletten im Haus und Straßenbahnen, die wir uns kaum vorstellen konnten. Wir vier Brüder, Herschel, Tsalig, David und ich, zeigten unser bestes Benehmen. Wir wetteiferten um die Aufmerksamkeit unseres Vaters, auch wenn wir wussten, dass unsere Schwester Pesza sein Liebling war. Als einziges Mädchen in einer Familie mit vier wilden Jungen war das nicht verwunderlich. Wann immer wir Kinder in eine Auseinandersetzung gerieten, war Pesza nie die Schuldige, selbst wenn sie den Streit begonnen hatte. Wenn wir sie zu sehr ärgerten, mischte unser Vater sich ein und rügte uns. Pesza hatte lange blonde Haare, die meine Mutter zu dicken Zöpfen flocht. Sie half meiner Mutter im Haus und war still und gehorsam. Ich kann verstehen, warum mein Vater sie besonders liebte.

Oft bekamen wir von unserem Vater auch Geschenke aus der großen Stadt. Die Bonbonschachteln, die er mitbrachte, zeigten Fotos von historischen Krakauer Gebäuden und dreispurigen Boulevards. Ich betrachtete sie lange und versuchte mir vorzustellen, wie es wäre, an einem so prachtvollen Ort zu leben.

Als jüngstes Kind erbte ich immer alle abgelegten Sachen: Hemden, Schuhe, Hosen und Spielzeug. Bei einem seiner Besuche brachte mein Vater uns Kinderbrieftaschen mit. Ich sah meine Brüder mit ihren Brieftaschen und dachte, dass ich wohl wieder warten müsste, bis einer von ihnen seine an mich vererben würde. Ich hielt das nicht für fair. Doch diesmal erlebte ich eine Überraschung. In einer der Brieftaschen steckte eine noch kleinere, genau passend für mich. Ich war so glücklich.

Obwohl seine Besuche stets nur ein paar Tage dauerten, unternahm mein Vater immer etwas Besonderes mit mir. Nichts bereitete mir größeres Vergnügen, als mit ihm zum Haus seiner Eltern zu gehen und zu erleben, wie er unterwegs von seinen Freunden begrüßt wurde. Er hielt immer meine Hand und spielte mit meinen Fingern. Es war wie ein geheimes Zeichen dafür, wie sehr er mich, sein jüngstes Kind, liebte.

Mein Bruder Herschel war der älteste, dann kamen mein Bruder Betsalel, der Tsalig genannt wurde, meine Schwester Pesza, mein Bruder David und schließlich ich. Ich stellte mir Herschel immer als den biblischen Samson vor. Er war groß, stark und draufgängerisch. Meine Eltern sagten, er sei eine Plage. Als Heranwachsender rebellierte er und weigerte sich, zur Schule zu gehen. Er wollte etwas »Nützlicheres« tun. Damals arbeitete mein Vater schon in Krakau, deshalb entschieden meine Eltern, Herschel solle Vater begleiten. Ich betrachtete das mit gemischten Gefühlen. Einerseits tat es mir leid, dass mein Bruder uns verließ, andererseits war es eine Erleichterung. Er hatte meiner Mutter ständig Sorgen gemacht, und ich wusste, obwohl ich noch so jung war, dass es für ihn besser sein würde, bei meinem Vater zu sein. Herschel zog das Stadtleben vor und begleitete Vater nur selten, wenn dieser uns besuchte.

Während Herschel stark und eigensinnig war, so war mein Bruder Tsalig in vieler Hinsicht das Gegenteil. Tsalig war sanft und freundlich. Obwohl er sechs Jahre älter war als ich und allen Grund gehabt hätte, mich, den kleinen Bruder, herablassend zu behandeln, tat er das nie. Ich erinnere mich jedenfalls nicht, dass er mich jemals als den kleinen Quälgeist behandelt hätte, der ich vermutlich war. Er ließ mich sogar an seinen Streifzügen durch den Ort teilnehmen. Tsalig, ein Technikgenie, war mein Held. Er schien wirklich alles zu können. Einmal baute er ein Radiogerät zusammen, indem er Kristalle statt Elektrizität benutzte, um Nachrichten aus Warschau und Białystok und sogar Krakau zu hören. Er baute den ganzen Apparat, einschließlich des Gehäuses, und er fand heraus, wie man eine lange Drahtantenne daran montierte, um die Signale aufzufangen. Es kam mir wie Magie vor, als er mir die Kopfhörer aufsetzte und ich, Hunderte von Kilometern entfernt, den berühmten Trompeter von Krakau das Zeichen für die Mittagsstunde blasen hörte.

Mein engster Gefährte war mein Bruder David, etwas über ein Jahr älter als ich. Ich erinnere mich, dass er erzählte, er habe, als ich noch ein Baby war, die Wiege geschaukelt, wenn ich weinte. Wir waren viel zusammen. Trotzdem schien es ihm besonders viel Spaß zu machen, mich zu ärgern. Und wenn ich auf einen seiner Streiche hereinfiel, grinste er voller Schadenfreude. Manchmal machten mich seine Scherze so wütend, dass mir die Tränen kamen. Einmal erzählte er mir, als wir beide gerade Nudeln aßen, die Nudeln wären in Wirklichkeit Würmer. Das behauptete er so ausdauernd und blieb dabei so ernst, dass er mich schließlich überzeugte. Ich fing an zu würgen, und David bog sich vor Lachen. Doch es dauerte nicht lange, und wir waren wieder die besten Freunde ... bis er erneut eine Gelegenheit fand, mich zu ärgern.

In Narewka lebten etwa tausend Juden. Ich besuchte damals sehr gern die Synagoge, zusammen mit meinen Großeltern mütterlicherseits, die mir besonders nahestanden. Ich liebte es, die Gebete im Gebäude widerhallen zu hören. Der Rabbi begann den Gottesdienst mit einer lauten, schallenden Stimme, die sich bald mit den Stimmen der Gemeinde mischte. Alle paar Minuten rief er eine oder zwei Zeilen aus dem Gebetbuch, um anzugeben, wo man weiterlesen solle. Den Rest der Zeit lasen die Gemeindemitglieder für sich. Ich hatte das Gefühl, als wären wir eine Einheit und als hätte zugleich jeder von uns ein persönliches Gespräch mit Gott. Einem Außenseiter mag das seltsam vorkommen, aber für uns fühlte es sich absolut richtig an. Manchmal, wenn ein christlicher Pole ein chaotisches Ereignis beschreiben wollte, sagte er: »Es ging zu wie in einer Judenschul.« In jenen friedlichen Zeiten war ein solcher Kommentar nicht feindselig gemeint, sondern nur eine Bestätigung dafür, wie seltsam wir den Menschen vorkamen, die andere religiöse Gepflogenheiten hatten als wir.

Im Allgemeinen lebten in Narewka Christen und Juden harmonisch zusammen, obwohl ich früh lernte, dass ich mein Glück herausforderte, wenn ich auf meine unbekümmerte Art in der Woche vor Ostern durch die Straßen lief. Dies war die einzige Zeit, in der unsere christlichen Nachbarn uns anders behandelten, so als wären wir Juden plötzlich ihre Feinde. Sogar einige meiner Spielkameraden wurden zu Angreifern. Sie bewarfen mich mit Steinen und gaben mir böse und verletzende Namen wie »Christusmörder«. Ich verstand das nicht, denn ich wusste, dass Jesus vor vielen hundert Jahren gelebt hatte, doch meine persönliche Identität zählte nicht viel im Vergleich zu meiner Identität als Jude, und für jene, die uns hassten, spielte es keine Rolle, in welcher Zeit ein Jude lebte: Ein Jude war ein Jude, und jeder Jude war verantwortlich für Jesus' Tod. Zum Glück dauerten diese Feindseligkeiten nur ein paar Tage im Jahr, und normalerweise lebten Juden und Nichtjuden in Narewka friedlich nebeneinander. Natürlich gab es immer Ausnahmen. Die Frau, die auf der gegenüberliegenden Straßenseite wohnte, warf mit Steinen nach meinen jüdischen Freunden und mir, wenn wir auf dem Bürgersteig vor ihrem Haus vorbeiliefen. Vielleicht glaubte sie, die Nähe eines Juden bedeute Unglück. Ich lernte, auf die andere Straßenseite zu wechseln, wenn ich mich ihrem Haus näherte. Andere Nachbarn waren viel netter. Die Familie im Haus nebenan lud uns jedes Jahr zu sich ein, um den geschmückten Christbaum zu betrachten.

Alles in allem war Narewka in den 1930er Jahren ein netter und idyllischer Ort zum Aufwachsen. Vom Sonnenuntergang am Freitagabend bis zum Sonnenuntergang am

Samstag feierten die Juden den Schabbat. Ich liebte die Stille, die eintrat, wenn die Geschäfte zumachten. Es war eine willkommene Ruhepause im wöchentlichen Alltag. Nach dem Gottesdienst in der Synagoge saßen die Menschen in ihren Höfen, unterhielten sich miteinander und aßen Kürbiskerne. Oft bat mich jemand zu singen, wenn ich vorbeikam, denn ich kannte viele Melodien und wurde wegen meiner Stimme bewundert, eine Auszeichnung, die ich verlor, als ich in den Stimmbruch kam.

Von September bis Mai besuchte ich morgens die Volksschule und nachmittags den *Cheder*, die jüdische Schule. Dort sollte ich Hebräisch lernen und die Bibel studieren. Ich hatte einen Vorteil gegenüber meinen Klassenkameraden, weil ich schon einiges von meinen Brüdern gelernt hatte, wenn sie ihre Hausaufgaben für den Cheder machten, auch wenn ich nicht verstanden hatte, was sie lernten. Meine Eltern meldeten mich im Cheder an, als ich fünf Jahre alt war.

Römisch-katholisch war in Polen die vorherrschende Religion, und Religion war ein wichtiges Fach in der Volksschule, die ich besuchte. Wenn meine katholischen Klassenkameraden ihre Gebete rezitierten, wurde von uns Juden erwartet, dass wir still dabeistanden. Das war leichter gesagt als getan, und wir wurden oft getadelt, wenn wir versuchten, uns flüsternd zu unterhalten oder uns anstießen, statt unbeweglich wie Statuen dazustehen. Es war riskant, sich auch nur ein bisschen falsch zu benehmen, denn unser Lehrer war sehr schnell bereit, unsere Eltern zu informieren. Manchmal wusste meine Mutter schon, dass ich in Schwierigkeiten geraten war, noch bevor ich mittags nach Hause kam. Meine Mutter schlug mich nie, sie hatte ihre eigenen Methoden, mir klarzumachen, dass ich sie enttäuscht hatte. Dieses Gefühl war mir unangenehm, deshalb versuchte ich meistens, brav zu sein.

Einmal fragte mein Cousin Jossel seinen Lehrer, ob er seinen Namen in Józef ändern dürfe, zu Ehren von Józef Pilsudski, dem polnischen Nationalhelden. Der Lehrer sagte, einem Juden sei es nicht erlaubt, einen polnischen Vornamen zu tragen. Ich verstand nicht, warum mein Cousin seinen jiddischen Namen Jossel, hebräisch Josef, in die polnische Version ändern wollte, wohingegen mich die Antwort des Lehrers nicht verwunderte. So war es eben.

Mein zweites Zuhause war bei unserem Nachbarn Lansman, dem Schneider. Ich war hingerissen davon, wie er die feinsten Wasserfontänen aus dem Mund auf die Kleidungsstücke sprühen konnte, die er bügeln wollte. Ich liebte es, ihn zu besuchen, ihn, seine Frau und ihre vier Söhne, die alle geschickte Schneider waren. Sie sangen bei der Arbeit, und abends saßen sie zusammen, spielten Instrumente und sangen weiter. Ich war fasziniert, als der jüngste Sohn, ein Zionist, beschloss, die Heimat zu verlassen und in das ferne Palästina zu gehen. Warum war er bereit, so weit von seiner Familie fortzuziehen und auf die Arbeit und das gemeinsame Musizieren zu verzichten? Jetzt ist mir klar, dass er mit dieser Entscheidung sein Leben gerettet hat. Seine Mutter, sein Vater und seine Brüder starben alle im Holocaust.

Narewka fehlte das meiste von dem, was wir heute als notwendig betrachten. Die Straßen waren entweder mit Kopfsteinen gepflastert oder unbefestigt, die meisten Häuser waren aus Holz und nur einstöckig, die Menschen gingen zu Fuß, ritten oder fuhren mit Pferdewagen. Ich erinnere mich noch, wie es war, als die Elektrizität zu uns kam, das war 1935, und ich war sechs Jahre alt. Jeder Haushalt musste entscheiden, ob er Strom haben wollte oder nicht. Nach langen Diskussionen beschlossen meine Eltern, das Wagnis einzugehen und die neue Erfindung bei uns einzuführen. Ein langes Kabel führte zu einer Anschlussdose mitten in der Decke. Es schien unglaublich, dass wir statt einer Kerosinlampe nur noch eine einzige Glühbirne hatten, bei deren Licht man sogar nachts lesen konnte. Wir brauchten nur an einer Schnur zu ziehen, um das Licht an- oder auszumachen. Wann immer meine Eltern es nicht sahen, zog ich an der Schnur, nur um zu beobachten, wie das Licht auf magische Weise an- und ausging.

Trotz des Wunders der Elektrizität blieb das Leben in Narewka in anderer Hinsicht so, wie es seit Jahrhunderten gewesen war. Es gab keine Toilette im Haus, und in den bitteren Wintern war der Weg nach draußen etwas, was ich so lange wie möglich hinauszögerte. Unsere Wohnung bestand aus einem großen Raum, der als Küche, Esszimmer und Wohnraum diente, und einem einzigen Schlafzimmer. Privatsphäre, wie wir sie heute kennen, war uns absolut fremd. Es gab ein Bett, das wir alle teilten, meine Mutter, meine Brüder, meine Schwester und ich.

Unser Wasser holten wir von einem Brunnen im Hof. Wir stellten einen Eimer hin und pumpten, bis er voll war. Die Schwierigkeit war, auf dem Weg von der Pumpe zum Haus nicht zu viel Wasser zu verlieren. Wir mussten Tag für Tag etliche Male vom Haus zum Brunnen und wieder zurück gehen, um unseren Bedarf zu decken. Außerdem sammelte ich Eier, stapelte Holz, das Tsalig hackte, trocknete das Geschirr ab, das Pesza spülte, und verrichtete Botengänge für meine Mutter. Meistens war ich es, der zum Stall meines Großvaters ging, um einen Krug Milch von seiner Kuh zu holen.

Unser Dorf am Rand des Białowieża Waldes bestand aus Bauern und Schmieden, Metzgern und Schneidern, Lehrern und Kaufleuten. Wir, Juden und Christen gleichermaßen, waren bäuerliche, ungebildete, fleißige Menschen, deren Leben sich rund um die Familie abspielte, um den religiösen Kalender und um Säen und Ernten.

Wir Juden sprachen zu Hause Jiddisch und in der Öffentlichkeit Polnisch. Ich lernte auch ein bisschen Deutsch von meinen Eltern. Es sollte sich herausstellen, dass uns die Deutschkenntnisse später nützlicher waren, als wir es uns hätten vorstellen können.

Weil das polnische Gesetz Juden verbot, Land zu besitzen, wie es jahrhundertelang für alle europäischen Juden verboten war, pachtete mein Großvater mütterlicherseits, Jacob Meyer, seine Äcker von der Orthodoxen Kirche. Er musste lange und schwer arbeiten, um seine Familie zu ernähren. Er bestellte die Äcker. Er grub mit einem Spaten Kartoffeln aus der Erde und mähte Heu mit einer Sense. Ich genoss es, oben auf seinem Pferdewagen zu sitzen, wenn dieser am Ende der Erntezeit mit Heu beladen war. Nachdem mein Vater nach Krakau gezogen war, kam mein Großvater oft mit Kartoffeln und Rüben und anderen Dingen aus seinem Garten zu uns, um sicherzugehen, dass seine Tochter und seine Enkel nicht hungern mussten. Doch trotz der Hilfe ihrer Eltern hatte meine Mutter alle Hände voll zu tun. Sie musste sich schließlich allein um alles kümmern. Es war viel Arbeit, nicht nur für das Essen und saubere Kleidung zu sorgen, sondern sich auch um alles zu kümmern, was mit der Schule zu tun hatte. Für sich selbst blieb meiner Mutter keine Zeit.

In Narewka kannte jeder seine Nachbarn, und man wusste, was die anderen für ihren Lebensunterhalt taten. Man bezeichnete die Männer oft mit ihrem Handwerk, statt mit ihrem Nachnamen. Mein Großvater war bekannt als Jacob, der Schmied, und unser Nachbar war Lansman, der Schneider. Eine Frau bezeichnete man mit dem Namen ihres Ehemanns, zum Beispiel als Jacobs Frau, während man die Kinder danach nannte, wer ihre Eltern oder Großeltern waren. So war ich für die Leute nicht Leib Lejzon, noch nicht einmal der Sohn von Mosche und Chanah, ich war Jacob Meyers *ejnikl,* Jacob Meyers Enkel. Diese simple Tatsache sagt viel aus über die Welt, in der ich aufwuchs. Es war eine patriarchale Gesellschaft, in der das Alter respektiert und sogar verehrt wurde, besonders wenn es sich, wie im Fall meines Großvaters mütterlicherseits, um ein Leben voller harter Arbeit, Sorge für die Familie und Schicksalsergebenheit handelte. Ich fühlte mich immer ein bisschen größer und als etwas Besonderes, wenn man von mir als Jacob Meyers *ejnikl* sprach.

An jedem Freitagabend und am Schabbatmorgen stand ich beim Gottesdienst in der Synagoge neben meinem Großvater, senkte den Kopf, wenn er es tat, und folgte seinem Weg durch die Gebete. Ich weiß noch, wie ich zu ihm aufschaute und dachte, wie stark und groß er aussah und dass er mich beschützte wie ein riesiger Baum. Das Pessachfest feierten wir immer im Haus der Eltern meiner Mutter. Da ich der jüngste Enkel war, kam mir die nervenaufreibende Pflicht zu, bei der Sederfeier die traditionellen vier Fragen zu stellen. Wenn ich die Fragen auf Hebräisch rezitierte, bemüht, ja keinen Fehler zu machen, spürte ich den

Blick meines Großvaters auf mir, der mich nicht losließ. Wenn ich fertig war, atmete ich erleichtert auf und wusste, ich hatte seine Erwartungen erfüllt. Ich genoss es, sein Enkel zu sein und bemühte mich immer, seine Zustimmung zu bekommen und mich seiner Liebe würdig zu erweisen. Besonders glücklich machte es mich, ganz allein bei meinen Großeltern zu übernachten. Dann schlief ich mit ihnen im Bett, zufrieden, dass ich es nicht, wie zu Hause, mit meinen Geschwistern teilen musste. Und wie sehr genoss ich die ungeteilte Aufmerksamkeit meiner Großeltern!

Beschützt von ihrer Liebe und der Unterstützung der Familie, wusste ich wenig von den Verfolgungen, denen die Juden von Narewka und anderen Orten in früheren Zeiten unter diesem oder jenem Regenten ausgesetzt waren. Meine Eltern hatten in den frühen 1900er Jahren Pogrome erlebt. Danach waren viele Juden aus Narewka nach Amerika ausgewandert, unter ihnen auch Morris und Karl, die Brüder meiner Mutter. Obwohl sie kein Englisch sprachen, glaubten sie, dass sie in den Vereinigten Staaten eine bessere Zukunft erwartete. Ein paar Jahre später suchte auch Schejne, Mutters schöne Schwester, ein neues Leben in Amerika.

Meine Eltern hatten den Großen Krieg von 1914–1918 am eigenen Leib erfahren. Vor 1939 wurde er nie als Weltkrieg bezeichnet, denn niemand konnte sich vorstellen, dass kaum zwanzig Jahre später die Welt erneut von einem solchen Konflikt erschüttert werden würde. Während des Großen Krieges waren die deutschen Soldaten, die Polen eroberten, im Allgemeinen rücksichtsvoll zu den Einheimischen gewesen, egal welchen Glaubens. Zugleich wurden in Narewka und vielen anderen Orten die Männer zur Zwangsarbeit verpflichtet. Mein Vater arbeitete für die Deutschen bei der schmalspurigen Eisenbahn, die Holz und andere Waren aus unserer Region nach Deutschland transportierte. 1918, als Deutschland geschlagen war, zogen sich die Eroberer dann in ihre Heimat zurück.

Im Rückblick begingen meine Eltern und viele andere einen schrecklichen Fehler, als sie dachten, die Deutschen, die im Zweiten Weltkrieg nach Narewka kamen, wären wie die Deutschen, die im Großen Krieg gekommen waren. Sie nahmen an, sie wären Menschen wie sie selbst: Männer, die ihre militärische Pflicht erfüllten und sich danach sehnten, zu ihren Frauen und Kindern zurückzukehren, empfänglich für jede Art von Freundlichkeit und Gastfreundschaft. Auf die gleiche Weise, wie die Leute mich in Bezug zu meinem Großvater betrachteten und demzufolge bestimmte Erwartungen an mich hatten, betrachteten wir die Deutschen, die 1939 nach Polen kamen, in Bezug zu jenen, die beim letzten Mal gekommen waren. Logisch betrachtet hatten wir keinen Grund, etwas anderes anzunehmen. Denn wem sollte man trauen, wenn nicht der eigenen Erfahrung?

Wenn ich an den Ort zurückdenke, an dem ich aufwuchs, an das Dorf, das mir so viele kostbare Erinnerungen schenkte, kommt mir ein jiddisches Lied in den Sinn, das ich oft mit Lansman, dem Schneider, und seinen Söhnen gesungen habe. Es heißt *Ojfn Pripetschik*, auf Deutsch »Auf dem Ofen«. Mit einer traurigen Melodie erzählt das Lied von einem Rabbiner, der seinen Schülern das hebräische Alphabet beibringt, genau auf die Art, wie ich es im Cheder gelernt hatte. Das Lied endet mit den warnenden Worten:

As ir wet, kinder, elter wern,
wet ir alejn farschtejn,
wifil in die ojsjes lign trern,
un wifil gewejn.

Wenn ihr, Kinder, älter werdet,
werdet ihr verstehen,
wie viele Tränen in diesen Buchstaben liegen,
und wie viel Weinen.

Abends, wenn ich dieses Lied mit den Lansmans sang, schienen diese Worte eine alte Geschichte wiederzugeben. Nie wäre mir eingefallen, dass diese Worte mir eine drohende, schreckliche Zukunft voraussagten.

ZWEI

Es ist schwer, sich eine Welt ohne Flugzeuge oder Autos vorzustellen, eine Welt, in der die Menschen die meiste Zeit ihres Lebens am selben Ort wohnten und sich nur selten mehr als ein paar Kilometer von zu Hause entfernten. Eine Welt ohne Internet und sogar ohne Telefon. Andererseits liebe ich die Erinnerungen an diese kleine Welt, in der ich die ersten Jahre meiner Kindheit verbracht habe. Sie war bestimmt von Liebe und familiärer Wärme. Die vorhersehbaren Lebensmuster führten dazu, dass überraschende Momente besonders gut im Gedächtnis haften blieben. Wenn ich nach so langer Zeit an das Leben zurückdenke, empfinde ich Sehnsucht, besonders nach meinen Großeltern, den Onkel und Tanten, den Cousins und Cousinen.

Die Geschichten meines Vaters hatten mir ein glitzerndes Bild von Krakau vermittelt, fünfhundertsechzig Kilometer und damit Lichtjahre von meinem Leben in Narewka entfernt. Für meinen Vater muss es damals schwer gewesen sein, uns für so lange Zeit zu verlassen und zu wissen, dass er damit meiner Mutter die ganze Last aufbürdete. Aber meine Mutter verstand, dass er arbeitete, um uns ein besseres Leben zu ermöglichen, und dass wir uns gedulden mussten, bis er genügend Geld gespart hatte, um uns nachzuholen. Endlich, im Frühjahr 1938, nach fünf Jahren harter Arbeit und Sparen, ließ er uns kommen. Ich war aufgeregt. Ich war acht Jahre alt und abenteuerlustig. Ich wusste, dass mich in der großen Stadt viele Abenteuer erwarteten, und mit meinem Vater zusammen zu sein, schien mir das Wichtigste auf der Welt zu sein. Seit ich drei war, war er die meiste Zeit nicht da gewesen. Deshalb war ich freudig erregt und ohne jede böse Vorahnung, als ich mich von meinen Großeltern, Tanten, Onkel, Cousins und Cousinen verabschiedete. Ich war bereit, ein neues Leben zu beginnen. Ich ging davon aus, dass ich alle Verwandten und Freunde träfe, wann immer wir wiederkämen. Ohne einen Blick zurück, bestieg ich mit meiner Mutter, meinen Brüdern und meiner Schwester den Zug zu meiner ersten Eisenbahnfahrt.

Noch nie zuvor war ich über die Grenzen meines Dorfs hinausgekommen, geschweige denn mit einem Zug. Auf dieser Fahrt war alles aufregend, die Geräusche, die unerhörte Geschwindigkeit und die Landschaft, die vor meinen Augen vorbeiraste. Ich war bereit für alles, was mich erwartete, jedenfalls nahm ich das an.

Ich weiß nicht mehr, wie lange die Fahrt gedauert hat,

ich erinnere mich nur, dass es mindestens ein paar Stunden gewesen sein müssen. Und ich weiß noch, dass jeder Augenblick faszinierend war. Die Welt kam mir so groß vor, und dabei legten wir nur ein paar hundert Kilometer zurück.

Als es dunkel wurde, hatte ich Angst, etwas zu verpassen, wenn ich nicht aus dem Fenster sehen konnte. Es war bestimmt schon nach elf Uhr nachts, als unser Zug Krakau erreichte. Unser Vater erwartete uns, und wir stürzten uns in seine Arme. Wir verstauten unser Gepäck auf dem wartenden Wagen und drängten uns neben dem Kutscher zusammen. Ich war erstaunt, dass sogar so spät, lange nach unserer normalen Schlafenszeit, überall Straßenbahnen und Fußgänger zu sehen waren. »Wir sind gleich da«, versicherte uns mein Vater, als wir die Vistula überquerten, den Fluss, der sich durch die Stadt schlängelt. Als die Pferdehufe über das Krakauer Kopfsteinpflaster klapperten, gab ich endlich meiner Müdigkeit nach. Für einen Tag hatte ich mehr als genug in mich aufgenommen.

Wenige Minuten später erreichten wir unser Ziel. Unser neues Zuhause war in einem Mietshaus, Przemyslowastraße 13, südlich vom Fluss. In diesem Gebäude lebten Angestellte der Glasfabrik, in der mein Vater arbeitete. Unsere Wohnung war im Erdgeschoss. Wie in Narewka bestand sie nur aus zwei Zimmern, einem Schlafzimmer und einem Wohnzimmer, aber die Wohnfläche war viel größer als in unserem früheren Heim. Am meisten begeisterte mich die Toilette im Haus. Bevor wir uns ins Bett fallen ließen, führte mein Vater uns durch den Flur, um uns die Toilette zu zeigen, die wir mit drei anderen Familien teilen würden. Er zog an einer Kette hinter der Toilettenschüssel, und ich beobachtete mit weit aufgerissenen Augen, wie das Wasser abfloss und der Spülbehälter sich wieder füllte. Bis zu diesem Zeitpunkt hatte ich die elektrische Lampe für die größte Errungenschaft gehalten, doch nun, da mir klar wurde, dass ich nie mehr nachts das Haus verlassen musste, entschied ich, dass die Toilette und die Wasserleitung der Elektrizität den Rang abliefen. Ich zog an der Kette, sah zu, wie das Wasser gegen den Schüsselrand platschte und dachte, dass dies die größte Erfindung war, die man sich vorstellen konnte. Es war wahrlich ein Tag voller Wunder gewesen.

Am nächsten Morgen machten David und ich uns auf, um die Umgebung zu erkunden. Ganz langsam entfernten wir uns von unserem Haus, erst die Straße hinunter, dann um den Block, und endlich bis zum Fluss, wo die Powstancow-Slaskich-Brücke uns zu den wichtigsten Krakauer Sehenswürdigkeiten führte, dem traditionellen jüdischen Viertel Kazimierz, der historischen Altstadt und der Wawelburg, dem Palast der Könige, die regiert hatten, als Krakau die Hauptstadt des mittelalterlichen Polen gewesen war. Schon bald war ich mutig genug, allein auf Entdeckungsreisen zu gehen. Alles, was ich auf den Bonbonschachteln bewundert hatte, war in Wirklichkeit noch viel beeindruckender. Besonders verlockend fand ich die großen Parks und die historischen Gebäude, solche wie die alte Synagoge, erbaut im fünfzehnten Jahrhundert, und die Marienkirche, eine majestätische gotische Kirche, ebenfalls aus dem fünfzehnten Jahrhundert, die den Marktplatz überragte. In dieser Kirche blies der Trompeter die Klänge, die ich über Tsaligs Radiogerät gehört hatte.

Jeder Tag wurde zu einem neuen Abenteuer, und ich war voller ungeduldiger Vorfreude auf das, was mich hinter der nächsten Ecke erwartete. Manchmal legte ich die Hand auf eine Gebäudewand, nur um sicher zu sein, dass ich nicht träumte. Das rege Leben auf den Straßen gab mir das Gefühl, dass jeder etwas Wichtiges zu tun hatte. Manchmal versuchte ich, mit Leuten Schritt zu halten, die viel längere Beine hatten als ich, nur um herauszufinden, wohin sie gingen. Es machte mir Spaß, die verschiedenen Schuhe zu betrachten, die die Leute trugen, und dann erst den Blick zu den Gesichtern der Träger zu heben. Manchmal blieb ich stehen und starrte in Schaufenster, betrachtete die üppigen Waren, die dort ausgestellt waren, von Kleidung und Juwelen bis hin zu Gebrauchsgegenständen. Noch nie hatte ich so etwas gesehen. Es war, als wäre ich in einem Kino oder einem Vergnügungspark – obwohl ich damals noch keine Ahnung hatte, dass es solche Orte überhaupt gab.

Unsere Wohnung war in einem Arbeiterviertel, ein paar Straßen von der Fabrik in der Lipowastraße entfernt, in der mein Vater arbeitete. Es gab hier viele Jungen in meinem Alter. Manchmal machten sie sich darüber lustig, wie ich mit offenem Mund die Wunder anstarrte, die für sie ganz normal waren. Sie waren schlaue Stadtkinder, die einem naiven Landjungen erklären konnten, wie alles zusammenhing. Obwohl sie gelegentlich auch stehen blieben, um zu sehen, was für ein wunderbares Objekt wieder einmal meine Aufmerksamkeit erregt hatte.

Es dauerte nicht lange, und ich hatte ein paar gute Freunde. Wir fanden es toll, uns Spiele auszudenken. Ein besonders beliebtes war es, mit der Straßenbahn quer durch die Stadt zu fahren. Da weder meine neuen Freunde noch ich je Geld hatten, benutzten wir, um gratis zu fahren, einen Trick, den wir für außerordentlich schlau hielten. Wir sprangen auf der gegenüberliegenden Seite der Stelle auf, an der der Schaffner stand. Wenn er uns dann beim Kartenverkaufen näher kam, sprangen wir von der Bahn, bevor er uns erreichte, und rannten zum anderen Ende des Wagens, um das Spiel zu wiederholen, zumindest ein paar Haltestellen lang, bis der Schaffner uns erkannte. Von diesem Spiel konnte ich nie genug bekommen.

Die Tatsache, dass ich jüdisch war und sie nicht, schien

meine neuen Kameraden nicht zu stören. Wichtig war nur, dass ich ihren Sinn für Streiche und Abenteuer teilte.

Krakau war nicht nur eine historische Stadt, sondern auch ein kosmopolitisches und strahlendes kulturelles Zentrum, voller Theater und Cafés, mit Opernhäusern und Nachtclubs. Das bescheidene Einkommen meines Vaters erlaubte uns solche Vergnügungen nicht. Ich kam dem Krakauer Nachtleben nie näher als damals, als ich Liebesbriefe zwischen einem Mann in einem Kabarett und einer Frau beförderte, die in der Wohnung neben uns wohnte. Die Nachbarin gab mir Geld für die Straßenbahn, aber statt zu fahren, ging ich die kurze Strecke zu Fuß. Als ich das Kabarett erreichte, übergab ich dem Portier den Brief. Während ich auf die Antwort wartete, spähte ich neugierig ins Innere. Ich wollte wissen, was die Leute dazu brachte, jeden Abend dort hinzugehen. Besonders viel sah ich nie, obwohl ich fröhliche polnische Musik hörte. Nach einer Weile ging ich dann nach Hause und gab meiner Mutter das Fahrgeld, denn schon vor dem Krieg war das Geld bei uns knapp.

Mein Vater war froh, seine Familie bei sich zu haben. Stolz stellte er uns in der Glasfabrik vor, und er freute sich immer, wenn David und ich ihn bei der Arbeit besuchten. Wenn er an einem Projekt saß, beschäftigte er uns mit irgendeiner zeitaufwendigen Tätigkeit, zum Beispiel ließ er uns einen dicken Klotz in zwei Hälften sägen. Diese Arbeit war nicht wirklich sinnvoll, aber mein Vater überschüttete uns mit Komplimenten, wenn die beiden Hälften zu Boden fielen. Mein Vater war ein geschickter Werkzeugmacher, er ersetzte zerbrochene Maschinenteile und stellte Gussformen für die Flaschen her, die die Firma produzierte. Als erfahrener Maschinenschlosser wurde er auch von vielen anderen Fabrikbesitzern geschätzt. Sein Stolz auf seine Arbeit drang bis in unser Zuhause. Er war ganz klar der Burgherr, auch wenn es sich bei der Burg nur um eine bescheidene Wohnung handelte. Meine Mutter versuchte, all seine Wünsche zu erfüllen, und erst dann waren wir Kinder an der Reihe.

In den Jahren, in denen wir getrennt waren, war mein ältester Bruder Herschel unter der Aufsicht meines Vaters erwachsen geworden. Er war jetzt ruhiger, hatte Arbeit gefunden und fing an, Geld zu sparen. Herschel war nicht mehr destruktiv, sondern vernünftig und verantwortungsbewusst. Er hatte auch eine Freundin, und obwohl er wieder zu unserem normalen Alltagsleben gehörte, sahen wir ihn kaum.

Wir gewöhnten uns allmählich an das Leben in Krakau und waren vollauf damit beschäftigt, unser Heim herzurichten und unser Zusammensein zu genießen. Als wir von Unruhen und Gewalttaten in Deutschland hörten, war das verstörend, aber wir hatten genug mit uns selbst zu tun. Das war alles, was wir schaffen konnten. Im September 1938 feierten wir Rosch Haschana, das jüdische Neujahrsfest, und danach den Jom Kippur, den Versöhnungstag, in einer schönen Reformsynagoge, eine von über hundert Synagogen, die in der Stadt verstreut waren. In Krakau lebten ungefähr sechzigtausend Juden, was etwa ein Viertel der Gesamtbevölkerung ausmachte. Mir kam es vor, als wären wir völlig in das Stadtleben integriert. Nun, im Rückblick, erkenne ich, dass es schon damals erste Anzeichen für die schweren Zeiten gab, die vor uns lagen.

Meine neue Volksschule war in einem großen Haus untergebracht, mit Hunderten von Kindern aus meinem Viertel. Als ich in der vierten Klasse war, setzte mich der Lehrer eines Tages allein an einen Tisch. Er nannte mich Moschik, die Verkleinerungsform von Mosche. Erst war ich beeindruckt und dachte, er müsse meinen Vater Mosche kennen und mich als seinen Sohn identifiziert haben. Jedenfalls war ich stolz, dass mein Vater so bekannt war. Erst später merkte ich, dass der Lehrer meinen Vater überhaupt nicht kannte und dass der Name Moschik als Kränkung für jeden jüdischen Jungen gemeint war und nichts mit dem Namen meines Vaters zu tun hatte. Es war dumm von mir gewesen, so gutgläubig zu sein.

Noch immer wurde mein Leben von der Schule bestimmt und dem Spielen und Helfen im Haus. Ich lief zum Bäcker und kaufte einen Laib Brot oder zum Schuster, um

Schuhe abzuholen, die er repariert hatte. Doch die beunruhigenden Berichte von dem, was in Deutschland vor sich ging, wurden immer lauter und waren nicht mehr zu überhören.

Der Oktober 1938 begann mit schlimmen Nachrichten. Die Zeitungen, die Radiosendungen und die Unterhaltungen waren voll mit Geschichten über Deutschland und Adolf Hitler, den Führer der Deutschen. Seit Hitler und die Nazis 1933 an die Macht gekommen waren, hatten sie keine Zeit vergeudet. Sie hatten ihre Kontrolle ausgebaut und ihre Gegner mundtot gemacht, und nun fingen sie an, Deutschland wieder als Weltmacht zu etablieren. Ein zentrales Anliegen Hitlers war es, die Juden zu verdrängen und aus uns »die Anderen« zu machen. Hitler warf den Juden vor, schuld an allen früheren und gegenwärtigen Problemen der Deutschen zu sein, nicht nur an dem verlorenen Krieg, sondern auch an der wirtschaftlichen Depression.

Nach dem Anschluss Österreichs an das Deutsche Reich im März 1938 und der Okkupation des Sudetenlands, eines Gebietes in der Tschechoslowakei, sechs Monate später, nahmen die Diskriminierungen der Juden auch dort zu. Neue Einschränkungen machten das Leben für die dort lebenden Juden zunehmend unsicherer.

Bevor wir diese Nachrichten ganz verstanden hatten, hörten wir noch schlimmere. Auf Hitlers Befehl waren

Tausende polnische Juden, es werden wohl siebzehntausend gewesen sein, aus Deutschland ausgewiesen worden. Die Naziregierung teilte ihnen mit, sie wären nicht länger willkommen und nicht wert, auf deutschem Boden zu leben. Die polnische Regierung zeigte sich nicht weniger antisemitisch als die deutsche und verweigerte den Ausgewiesenen das Rückkehrrecht in ihre Heimat. Berichte erreichten uns, dass diese polnischen Juden in provisorischen, schmutzigen Lagern im Niemandsland hausten. Schließlich gelang es einigen, die Wachleute zu bestechen, die Grenze zu passieren und nach Krakau und in andere Städte zu gelangen.

Vor mir spielten meine Eltern den Ernst dieser Ereignisse herunter. »Wir hatten auch früher schon Pogrome im Osten«, sagte mein Vater betont gleichgültig, »nun gibt es also Schwierigkeiten im Westen. Aber du wirst sehen, es legt sich wieder.« Ich weiß nicht, ob er das wirklich glaubte, oder ob er sich selbst und meine Mutter ebenso beruhigen wollte wie mich. Wohin hätten wir denn auch gehen können? Was hätten wir tun können?

Dann kam die vorläufig schlimmste Nachricht: In der Nacht vom 9. auf den 10. November 1938 wurden Synagogen angezündet, Thorarollen verbrannt und jüdisches Eigentum zerstört. Juden wurden geschlagen und an die hundert wurden ermordet. Ich konnte es kaum glauben, dass Menschen danebenstanden und zusahen, als diese schrecklichen Dinge passierten. Die Nazipropaganda bezeichnete die Ereignisse jener Nacht als spontane Demonstration gegen Juden, als Vergeltung dafür, dass ein junger Jude namens Herschel Grynszpan einen deutschen Diplomaten in Paris getötet hatte. Uns war schnell klar, dass es sich nur um eine Ausrede der Nazis handelte. Sie benutzten den Vorfall, um im ganzen Land eine Nacht der organisierten Gewalt zu starten. Später wurde diese Nacht Kristallnacht genannt wegen der vielen tausend Fenster, die in Synagogen, jüdischen Geschäften und Wohnungen zerbrochen worden waren. Tatsächlich wurde in jener Nacht viel mehr als nur Glas zerbrochen.

Wir erwarteten insgeheim, dass die Nazis irgendwie zur Vernunft kommen und die Verfolgungen stoppen würden. Obwohl mein Vater versuchte, mir einzureden, dass wir vorerst sicher waren und sich die Situation beruhigen würde, hatte ich wirklich Angst.

Die Gefahr eines Krieges wuchs. Ich hörte, dass in der Schule darüber gesprochen wurde, auf der Straße, überall, wohin ich auch kam. In den Nachrichten hörte man, dass polnische Regierungsvertreter nach Deutschland gefahren seien, um die neuen Machthaber zu treffen und einen Krieg zu verhindern. Sosehr meine Eltern auch versuchten, mich zu schützen, gelang es ihnen doch nicht, die wachsende Angst vor mir zu verbergen, dass wir bald in einen Krieg mit Deutschland hineingezogen würden.

Einmal ging ich zum größten Platz in Krakau, um die Rede eines berühmten polnischen Generals zu hören, an dessen Namen ich mich nicht mehr erinnere. Er stand da und sprach voller Stolz von unserer Armee. Er rühmte die Tapferkeit unserer polnischen Soldaten. Wenn es Krieg gäbe und die Deutschen es wagen würden, bei uns einzudringen, würden unsere Soldaten ihnen nicht einmal »einen Uniformknopf« überlassen, schwor er. Wir wollten so gern glauben, dass die Tapferkeit unserer Soldaten sich irgendwie gegen die mächtige deutsche Armee mit all ihren Flugzeugen und Panzern behaupten könnte. Ich bin sicher, dass meine Eltern und viele andere ihre Zweifel hatten, aber niemand wollte unpatriotisch erscheinen oder die Angst noch weiter schüren.

Im Sommer 1939 bereitete sich ganz Krakau dann ernsthaft auf den Krieg vor. Wir vernagelten die Fenster unserer Erdgeschosswohnung, und ich half meinen Eltern, Klebestreifen über den Fensterscheiben anzubringen, um sie vor dem Zerbrechen zu schützen. Wir versuchten, ein paar Konservendosen als Vorrat anzuschaffen. Einige Familien machten sich eilig daran, ihre Keller in Bombenschutzräume umzubauen. Bei all diesen Vorbereitungen und Maßnahmen für den Notfall empfand ich eher eine nervöse Aufregung als Angst. Anders als meine Eltern hatte ich keine Ahnung, was Krieg wirklich bedeutete.

In dieser hektischen Zeit klammerte ich mich noch fester an meinen Bruder Tsalig. Als Elektriker war Tsalig außerordentlich begehrt, um Strom in die umgebauten Keller der Nachbarn zu legen. Vermutlich spürte er, wie sehr ich ihn zu meiner Beruhigung brauchte, denn ich durfte ihn manchmal begleiten und sein Werkzeug tragen. Ich versuchte immer mehr, so wie er zu werden, und ich freute mich, wenn jemand sagte, wie sehr wir uns doch ähnelten und dass wir sogar den gleichen Gang hätten. Wenn wir vor dem Schlafengehen unsere Schuhe auszogen, konnte ich an der Art, wie sich die Schuhspitzen bogen, erkennen, dass wir wirklich den gleichen Gang hatten.

Manche Juden bereiteten sich auf den Krieg vor, indem sie Krakau verließen. Sie argumentierten, das östliche Polen liege näher an der Sowjetunion und wäre sicherer als der Westen mit seiner Nähe zu Deutschland. Eine jüdische Familie aus unserem Haus bestieg einen Kahn, um die Weichsel nach Warschau hinaufzufahren, was ungefähr zweihundertfünfzig Kilometer waren. Bevor sie sich auf den Weg machten, vertraute der Familienvater meinem Vater seinen Wohnungsschlüssel an. Er zweifelte nicht daran, dass er und seine Familie bald zurückkehren und ihn sich zurückholen würden. Wir sahen sie nie wieder.

Je mehr die Spannung wuchs, umso mehr vermisste meine Mutter ihr Dorf und die Unterstützung ihrer großen Familie. Um ihrem Ehemann zu folgen, hatte sie ihre Eltern, Onkel, Tanten, Cousins, die Schwager und Schwägerinnen in Narewka zurückgelassen. Sie hatte sich mit einigen Frauen angefreundet, deren Männer mit meinem Vater in der Fabrik arbeiteten, aber Bekanntschaften waren eben doch keine eigene Familie. Ich liebte das Stadtleben, aber meine Mutter gewöhnte sich nur sehr schwer daran. Sie sehnte sich nach Narewka. Doch ohne die Zustimmung und den Segen meines Vaters hätte sie eine Rückkehr nie erwogen. Und für meinen Vater war es unvorstellbar, das Leben in Krakau, das er so mühsam für sich und seine Familie aufgebaut hatte, aufzugeben.

Dann, in den frühen Morgenstunden des 1. September 1939, riss mich das Aufheulen einer Sirene aus dem Schlaf. Ich sprang aus dem Bett und rannte in das andere Zimmer. Dort saßen meine Eltern schon am Radioapparat und lauschten angespannt. In düsterem Ton teilte der Nachrichtensprecher die wenigen Fakten mit, die verfügbar waren. Deutsche Panzer hatten die Grenze zu Polen überquert, und die deutsche Luftwaffe hatte eine polnische Grenzstadt angegriffen. Die deutsche Invasion Polens hatte begonnen.

Als die Sirenen aufheulten, rannten meine Eltern, Tsalig, Pesza, David und ich hintereinander die Treppe hinunter in den Keller, wo wir uns mit unseren Nachbarn trafen. Wenige Minuten später hörten wir über uns das Dröhnen von Fliegern. Wir erwarteten, dass nun Bomben explodieren würden, doch seltsamerweise geschah das nicht. Als die Entwarnung kam, gingen wir wieder hinauf in unsere Wohnung. Ich spähte aus dem Fenster und atmete erleichtert auf, als nirgendwo deutsche Soldaten zu entdecken waren. Eine unheimliche Stille erfüllte die Straßen. Zwei Tage später hörten wir, dass Frankreich und England Deutschland den Krieg erklärt hatten. Das machte mir Hoffnung. Bestimmt werden sie bald zu unserer Verteidigung herbeieilen, dachte ich. Doch in den Tagen danach kam keine Hilfe.

Die polnische Armee, so tapfer sie auch sein mochte, erwies sich als unfähig, die Flut der deutschen Soldaten aufzuhalten, die in Polen eindrangen und schnell ostwärts zogen. Der Zusammenbruch beendete unser vertrautes Leben in Krakau.

In den ersten Tagen nach Kriegsausbruch flohen viele erwachsene Männer – sowohl Juden als auch Nichtjuden – ostwärts, weg von der Front. Aufgrund ihrer Erfahrungen im Großen Krieg nahmen die Leute an, Frauen und Kinder wären sicher, kräftige Männer hingegen würden von der deutschen Armee als Zwangsarbeiter eingezogen. Da mein Vater und Herschel zu denen gehörten, die vermutlich eingezogen werden würden, beschlossen sie, sich den Fliehenden anzuschließen und nach Narewka zurückzugehen. Weil die Reise durch das Anrücken der Deutschen gefährlich war, und weil Tsalig, David und ich noch jung genug waren oder wenigstens jung genug aussahen, um verschont zu werden, sollten wir mit unserer Mutter in Krakau bleiben. Eines Morgens zogen Vater und Herschel sich schnell an, packten ein bisschen was zu essen ein und zogen ohne großen Abschied los. Es gab Tränen, aber nur von uns, den Zurückbleibenden. Ich weiß noch, dass ich die Tür anstarrte, die sich hinter ihnen schloss, und mich fragte, ob ich meinen Vater und meinen Bruder je wiedersehen würde.

Fünf Tage nach der ersten Luftangriffssirene hörten wir das Gerücht, dass es Wachposten auf den Brücken über die Weichsel gebe. Ich fasste wieder Mut. Das mussten französische oder englische Soldaten sein, die zu unserer Rettung kamen. Sie würden die Deutschen stoppen und mein Vater und Herschel würden zurückkommen können. Ohne meine Mutter, die es mir sicher verboten hätte, um Erlaubnis zu fragen, schlich ich aus dem Haus, um selbst nachzuschauen, was los war. Ich wollte der Überbringer der freudigen Nachricht sein, dass die Gefahr vorbei war und wir bald wieder alle zusammen sein würden.

In der absoluten Stille, die die Straßen erfüllte, folgte ich meinem normalen Weg zum Fluss. Wo waren die Leute? Warum war niemand da, um die Soldaten zu begrüßen, die gekommen waren, um uns zu verteidigen? Als ich mich der Powstancowbrücke näherte und die Soldaten sehen konnte, verlangsamte ich meine Schritte. Mir sank das Herz. An den Symbolen an ihren Helmen erkannte ich, dass die Soldaten weder Franzosen noch Engländer waren. Sie waren Deutsche. Es war der 6. September 1939. Keine Woche nach dem Überschreiten der Grenze waren die Deutschen in Krakau. Obwohl wir es damals noch nicht wussten, hatten unsere Jahre in der Hölle begonnen.

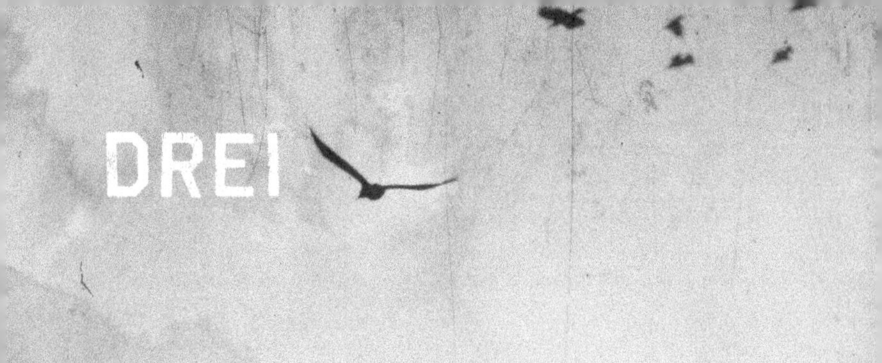

DREI

Eine verwahrloste Gestalt kam langsam die Stufen zu unserem Haus herauf und erschien an unserer Wohnungstür. Ich erkannte ihn erst, als er eingetreten war und sich auf einen Stuhl fallen ließ, so sehr hatte mein Vater sich in den wenigen Wochen, seit er weggegangen war, verändert. Meine Mutter, meine Schwester, meine Brüder und ich umarmten ihn, aber unser Glück dauerte nur einen Moment, dann folgte die Angst, was wohl mit Herschel passiert war. Mein Vater versicherte uns, dass Herschel in Sicherheit war, obwohl ich annehme, dass er Zweifel hatte, die er heimlich mit meiner Mutter teilte. Er berichtete, dass er und Herschel sich einem Flüchtlingstreck angeschlossen hatten. Entschlossen, sich von den deutschen Panzern und Truppen fernzuhalten, wanderten sie mit den anderen Flüchtlingen weiter, von morgens bis abends. Sie schliefen ein paar Stunden auf Feldern, auf denen sie etwas zu essen fanden, Getreideähren, die sie von den Halmen rissen und roh kauten. Wann immer sie sich einer Stadt näherten, mussten sie erfahren, dass die Deutschen bereits da waren. Mit beängstigender Geschwindigkeit hatten sie den Westen Polens besetzt und drängten weiter ostwärts.

Herschel war jung und stark und konnte schneller laufen als mein Vater. Zudem hinterfragte mein Vater noch einmal seinen Impuls, seine Frau und seine Kinder zu verlassen. So beschlossen sie, dass Herschel allein nach Narewka gehen solle, mein Vater wollte nach Krakau zurückkehren und das Risiko mit den Besatzern eingehen. Der Weg war gefährlich, und er kam nur langsam vorwärts, doch endlich schaffte er es, nach Hause zu kommen. Ich war überglücklich, dass mein Vater wieder bei uns war.

Als die Nazis den Zugriff auf Krakau verstärkten, sahen sich die Juden einem ganzen Sperrfeuer kränkender Karikaturen ausgesetzt. Erniedrigende Plakate tauchten auf, sowohl auf Polnisch als auch auf Deutsch, die uns als groteske, schmutzige Kreaturen mit langen Hakennasen zeigten. Nichts auf diesen Bildern kam mir glaubwürdig vor. Wir besaßen zwar nicht viele Kleidungsstücke, aber meine Mutter arbeitete hart dafür, sie sauber zu halten, und wir waren nie schmutzig. Und als ich unsere Nasen betrachtete, stellte ich fest, dass keine besonders groß war. Ich verstand nicht, warum uns die Deutschen so zeigen wollten, wie wir nicht waren.

Die Einschränkungen nahmen rasch zu. Den Juden schien bald gar nichts mehr erlaubt zu sein. Erst durften wir nicht mehr auf Parkbänken sitzen, dann wurden wir ganz aus den Parks verbannt. In den Straßenbahnen wurden Seile gespannt, um die Plätze für Nichtjuden im vorderen Teil des Wagens von denen für Juden ganz hinten zu trennen. Diese Maßnahme störte mich besonders, denn sie hinderte mich, zusammen mit meinen Kameraden die Schaffner zu täuschen. Doch bald sollte das Spiel ohnehin unmöglich werden, weil Juden die öffentlichen Verkehrsmittel nicht länger benutzen durften. Und die Jungen, mit denen ich so viele Abenteuer geteilt hatte und denen es immer egal gewesen war, dass ich Jude war, fingen allmählich an, mich zu ignorieren. Sie murmelten Schimpfwörter, wenn ich in der Nähe war, und am Schluss sagte der grausamste meiner früheren Freunde, dass sie von nun an nicht mehr mit einem Juden spielen würden.

Mein zehnter Geburtstag am 15. September 1939 ging unbemerkt in den Wirren und der Unsicherheit der ersten Wochen der deutschen Besatzung unter. Glücklicherweise wurde Krakau von den Bombardierungen verschont, die Warschau und andere Städte trafen. Doch auch ohne die Bombendrohungen herrschte Angst auf den Straßen. Die deutschen Soldaten taten, was sie wollten. Man wusste nie, was ihnen als Nächstes einfallen würde. Sie plünderten jüdische Geschäfte. Sie vertrieben Juden aus ihren Wohnungen, konfiszierten ihren Besitz und zogen selbst dort ein. Orthodoxe jüdische Männer waren ihre bevorzugten Opfer. Soldaten packten sie auf offener Straße, schlugen sie und schnitten ihnen ihre Bärte und ihre Schläfenlocken, ihre Pejes, ab, nur so zum Spaß, oder was sie als Spaß ansahen. Es gab auch nichtjüdische Polen, die neue Chancen für sich sahen. Eines Morgens stürmten einige Polen in unser Haus, um die Wohnung über uns zu plündern, in der die geflohenen Juden gelebt hatten. Sie schlugen an unsere Tür. Als mein Vater sich weigerte, ihnen den Schlüssel auszuhändigen, der ihm anvertraut worden war, rannten sie einfach die Treppe hinauf, brachen gewaltsam ein und plünderten die Wohnung.

Nicht lange danach tauchten nationalsozialistische Unternehmer auf, in der Hoffnung, das Unglück der jüdischen Fabrikbesitzer, denen jedes Eigentum verboten war, auszunutzen und in Krakau ihr Glück zu machen. Die Glasfabrik, in der mein Vater arbeitete, war eines ihrer Ziele. Der nationalsozialistische Geschäftsmann, der die Fabrik übernahm, feuerte die jüdischen Arbeiter, alle außer meinem Vater. Er wurde verschont, weil er deutsch sprach. Der neue Besitzer machte ihn zu einer Art Verbindungsmann, zum Übersetzer zwischen ihm und den christlichen Polen, die noch bei ihm arbeiten durften. Zum ersten Mal seit Monaten sah mein Vater ein bisschen zuversichtlicher aus. Er behauptete, der Krieg würde nicht lange dauern, und da er einen Job hatte, wäre er sicher. Bis zum nächsten Jahr, vielleicht sogar schon bis Ende dieses Jahres, wäre alles vorbei, prophezeite er. So wie die Deutschen nach dem

Ende des Großen Krieges verschwunden waren, würden sie jetzt auch wieder verschwinden. Ich nehme an, dass überall in Krakau jüdische Eltern ihren Kindern Ähnliches einredeten, nicht nur um die Kinder zu beruhigen, sondern auch sich selbst. Mein Vater machte den gleichen Fehler wie viele andere, als er glaubte, die Deutschen, mit denen er jetzt zu tun hatte, wären nicht viel anders als jene, die er von früher kannte. Er hatte keine Ahnung von der grenzenlosen Unmenschlichkeit und Bösartigkeit dieses neuen Feindes. Er konnte es einfach nicht wissen.

Eines Abends, ohne Vorwarnung, stürmten zwei Mitglieder der Gestapo in unsere Wohnung. Die Polen, die die Wohnung über uns ausgeraubt hatten, hatten ihnen den Tipp gegeben und gesagt, wir seien Juden und mein Vater habe sich geweigert, ihnen den Schlüssel auszuhändigen. Ihn zu melden, war ihre Form der Rache. Vor unseren Augen verhöhnten die beiden Rowdys, die kaum älter als achtzehn Jahre gewesen sein konnten, meinen Vater und schrien ihn an, er solle zeigen, wo er den Schlüssel versteckt habe. Sie zerschlugen Geschirr und stießen Möbelstücke um. Sie drängten meinen Vater an die Wand und wollten wissen, wo wir unser Geld und unseren Schmuck aufbewahrten. Vermutlich hatten sie sich in unserer bescheidenen Wohnung nicht genau umgeschaut. Sie folgten nur ihrem rassistischen Vorurteil, alle Juden würden Wertsachen anhäufen. Trotz ihrer Brutalität glaubte mein

Vater, er könne vernünftig mit ihnen sprechen und sie durch Logik davon überzeugen, dass wir weder Geld noch Juwelen besaßen.

»Schauen Sie sich doch um«, sagte er, »sehen wir etwa reich aus?«

Als er erkannte, dass sie sich nicht für seine Argumente interessierten, tat er etwas, was noch schlimmer war. Er sagte, er würde sie ihren Vorgesetzten melden, den Nazigrößen, die er aus der Fabrik kannte. Seine Drohung stachelte sie nur noch mehr an. Sie schlugen mit bloßen Fäusten auf ihn ein, warfen ihn zu Boden und würgten ihn. Mir wurde ganz schlecht bei ihrer Skrupellosigkeit. Ich wollte weglaufen, um diese Szene nicht mit ansehen zu müssen, aber meine Füße waren wie angewurzelt. Ich erkannte das Entsetzen und die Scham in den Augen meines Vaters, als er vor seiner Frau und seinen Kindern hilflos auf dem Boden lag. Der stolze, ehrgeizige Mann, der seine Familie für ein besseres Leben nach Krakau gebracht hatte, war unfähig, diese nationalsozialistischen Unholde zu stoppen, die es gewagt hatten, in sein Heim einzubrechen. Plötzlich, noch bevor ich verstand, was vor sich ging, zerrten diese Kerle meinen Vater aus der Wohnung, die Stufen hinunter, hinein in die Nacht.

Das waren die schlimmsten Momente meines Lebens.

Noch Jahre später spielte sich diese Szene immer wieder vor meinem inneren Auge ab. In gewisser Weise wurde diese schreckliche Episode nicht nur der Vorläufer, sondern auch das Symbol für all die schrecklichen Gemeinheiten, die noch folgen sollten. Bis zu diesem Moment, als ich meinen Vater blutend auf dem Boden liegen sah, hatte ich mich irgendwie sicher gefühlt. Ich weiß, wie irrational das erscheinen muss, angesichts dessen, was um mich herum geschah. Doch bis zu jenem Abend hatte ich geglaubt, irgendwie immun zu sein, so dass die Gewalt mir nichts anhaben könnte. Doch als ich sah, wie mein Vater vor meinen Augen brutal verprügelt wurde, wusste ich es besser. Mir kam die Erkenntnis, dass ich nicht untätig bleiben durfte. Ich konnte nicht einfach darauf warten, dass die Deutschen besiegt würden.

Ich musste etwas unternehmen.

Ich musste meinen Vater finden.

In den folgenden Tagen suchten mein Bruder David und ich überall in Krakau nach einer Spur, um herauszufinden, wohin die Gestapo ihn gebracht hatte. Wir gingen zu jeder Polizeistation, zu jedem Regierungsgebäude, zu jedem Haus, das die deutsche Flagge trug. Weil wir beide, mein Bruder und ich, deutsch konnten und weil die ganze Bösartigkeit der Deutschen noch nicht ausgebrochen war, fragten wir unbekümmert jeden Deutschen, der unserer Meinung nach vielleicht wissen konnte, wo unser Vater war. Erst jetzt ist mir klar, dass wir einfach verrückt waren. Mit jedem Deutschen, den wir ansprachen, riskierten wir unser Leben. Trotz aller Mühe blieben wir erfolglos. Niemand schien zu wissen, dass unser Vater verhaftet worden war, geschweige denn, wo man ihn festhielt. Es war der schlimmste Albtraum. David, Pesza und ich gingen zu einem Rechtsanwalt und baten ihn um Hilfe. Er schickte uns mit dem Versprechen nach Hause, er würde herausfinden, wo mein Vater war, auch wenn er keine Ahnung hatte, wo er anfangen sollte.

Mit jedem Fehlschlag wuchs meine Angst. Ich gab mir die größte Mühe, das zu verbergen und meiner Mutter gegenüber Stärke zu demonstrieren, aber manchmal rüttelte sie mich nachts wach, weil ich in einem Albtraum wieder erlebte, wie mein Vater vor meinen Augen zusammengeschlagen wurde. Ich versuchte, nicht das Wahrscheinlichste zu denken: Wenn die Nazis ihn vor uns allen niederschlagen konnten, was mochte dann wohl passiert sein, wenn er außer Sichtweite war? Wenn ich ihn mir leidend vorstellte, fühlte ich mich fast ein bisschen schuldig dafür, dass ich hoffte, er sei noch am Leben. Ich wollte nicht, dass er noch weitere Schläge oder Folter aushalten musste. Gab es überhaupt noch eine reale Möglichkeit, dass er zu uns zurückkehrte?

Aus Tagen wurden Wochen, und die Wahrscheinlichkeit, unseren Vater zu finden, wurde immer geringer. Allmählich war unsere Lage verzweifelt. Mein Vater hatte ein Sparkonto bei einer Krakauer Bank eingerichtet, aber die

Ersparnisse waren verschwunden, als alle jüdischen Bankkonten von den Nazis beschlagnahmt worden waren. Das wenige Geld, das wir noch hatten, war fast weg. Wir hatten eine kleine Reserve für den Notfall, zehn Goldmünzen, die meine Großmutter meiner Mutter mitgegeben hatte, als wir Narewka verließen. Nun tauschte meine Mutter eine Münze nach der anderen gegen Nahrungsmittel ein. Schon bald waren sie aufgebraucht, und mit ihnen verloren wir unser Sicherheitsnetz.

Meine Mutter war verzweifelt, völlig außer sich vor Angst und Panik. In einer vom Feind besetzten Stadt, weit weg vom Schutz ihrer Familie in Narewka, brach sie fast zusammen. Die Nächte waren besonders schlimm, wenn sie sich nicht mit ihrer Sorge um uns ablenken konnte. Sie warf sich ruhelos im Bett herum. Ich konnte spüren, wie ihr Körper zitterte, und ich hörte, wie sie leise jammerte. »Was sollen wir tun? Wie werden wir leben?« Ich war entschlossen, ihr zu helfen, ihre Angst zu verringern und ihr zu zeigen, dass sie sich auf mich verlassen konnte. Doch ich zweifle, ob meine Bemühungen ihr wirklich Zuversicht schenkten, schließlich war ich ihr jüngstes Kind. Sie war auf sich gestellt, erdrückt von der Last der alleinigen Verantwortung, sich selbst und ihre Kinder am Leben zu erhalten.

Anfang Dezember 1939 verboten die Nazis jüdischen Kindern den Schulbesuch. Als ich von dieser neuen Einschränkung hörte, empfand ich einen Hauch von Freiheit. Welcher zehnjährige Junge würde sich nicht über ein paar Tage schulfrei freuen? Doch dieses Gefühl hielt nicht lange vor. Ich erkannte schnell, dass es ein Unterschied war, ob man freiwillig ein paar Tage nicht in die Schule ging, oder ob man vom Schulbesuch ausgeschlossen war. Es war eine weitere Schikane, die sich die Nazis ausgedacht hatten, um uns alles wegzunehmen, was uns etwas bedeutete.

Ich schloss mich jetzt David und Pesza an, die nach Arbeit suchten. Das war nicht leicht, denn es gab Unmengen jüdischer Kinder, die genau das Gleiche taten. David fand eine Arbeit als Gehilfe eines Klempners. Er trug für ihn das Werkzeug und half ihm bei verschiedenen Tätigkeiten. Meine Schwester putzte in Häusern. Ich trieb mich in einer Limonadenfabrik herum und bot an, Etiketten auf die Flaschen zu kleben. Am Ende des Tages bekam ich eine einzige Flasche Limonade als Bezahlung. Ich brachte sie nach Hause, um sie mit allen zu teilen.

Eines Nachmittags, auf dem Rückweg von der Arbeit, entdeckte ich einen der beiden Gestapomänner, die meinen Vater geschlagen hatten. Ich war mir ganz sicher. Ich weiß nicht, was mich antrieb, aber ich lief ihm hinterher und bat ihn, mir zu sagen, wohin er meinen Vater gebracht hatte. Die einschüchternde Gestalt starrte verächtlich auf mich herunter, als wäre ich nichts weiter als ein Fussel auf seinem Mantel. Hätte ich es besser gewusst, hätte ich um mein Leben gefürchtet. Aber ich tat es nicht, und vielleicht hat ihn mein Auftreten beeindruckt, jedenfalls sagte er mir, mein Vater sei im Gefängnis St. Michael. Ich rannte los und informierte David. Gemeinsam liefen wir in die Innenstadt, zu jenem verbotenen Gebäude. Tatsächlich wurde uns bestätigt, dass unser Vater hier war. Wir durften ihn zwar nicht sehen, aber die Versicherung, dass er am Leben war, gab uns neue Zuversicht. Wenn er es schaffte, das alles durchzustehen, konnten wir das auch. David und ich verbrachten unsere meisten Tage damit, zum Gefängnis zu gehen und Essen hinzubringen, das meine Mutter zubereitet und sorgfältig eingepackt hatte. Wenn ich heute darüber nachdenke, ist mir klar, wie leicht der Gestapo-Offizier mich hätte anlügen können, ohne dass ich es je erfahren hätte, aber aus irgendeinem Grund hatte er es nicht getan.

Ein paar Wochen später wurde mein Vater ohne ersichtlichen Grund aus dem Gefängnis entlassen. Als er durch unsere Tür trat, empfanden wir überwältigende Erleichterung und Freude. Doch zugleich spürten wir große Trauer. Es war ihm anzusehen, wie sehr ihn das, was er erlebt hatte, verändert hatte. Er sah nicht nur schwach und ausgemergelt aus, die Veränderung war viel grundsätzlicher. Die Nazis hatten ihm nicht nur seine Körperkraft geraubt – obwohl er in den folgenden Jahren zu seiner alten Stärke zurückfand –, sondern auch seine Zuversicht und sein Selbstwertgefühl, die seinem Gang Schwung verliehen hatten. Jetzt sprach er leise und ging mit gesenkten Augen. Er hatte seine Arbeit in der Glasfabrik verloren, und er hatte etwas noch Kostbareres verloren: seine Würde als Mensch. Es erschreckte mich bis ins Innerste zu sehen, dass mein Vater besiegt war. Wenn er den Nazis nicht standhalten konnte, wie sollte ich es können?

Als das Jahr 1939 zu Ende ging, wurde mir klar, dass mein Vater sich mit seiner Voraussage geirrt hatte. Unsere Situation war in jeder Hinsicht schrecklich. Alle Zeichen deuteten darauf hin, dass der Krieg lange dauern würde. Und die Nazis waren nicht zufrieden mit dem, was sie uns Juden bisher angetan hatten; jeder Tag brachte neue Erniedrigungen. Wenn ihnen ein deutscher Soldat entgegenkam, mussten die Juden den Bürgersteig verlassen, bis der Soldat vorbei war. Ende November mussten alle Juden, die älter als zwölf Jahre waren, ein weißes Band mit einem blauen Davidsstern um den Arm tragen. Diese Sterne mussten wir bei der jüdischen Selbstverwaltung kaufen. Sie war von den Nazis eingesetzt worden, um alle jüdischen Angelegenheiten zu regeln. Wurde man ohne diesen Stern erwischt, bedeutete das Verhaftung und ziemlich sicher Folter und Tod.

Da ich noch nicht zwölf war, musste ich den Stern nicht tragen; und als ich alt genug war, beschloss ich, es nicht zu tun. Obwohl meine Zuversicht durch alles, was ich gesehen und erlebt hatte, erschüttert war, kam es doch vor, dass ich den Regeln nicht gehorchte und die Deutschen reinlegte. Da ich nichts offensichtlich Jüdisches an mir hatte, benutzte ich ihre eigenen Stereotype gegen sie. Mit meinen dicken dunklen Haaren und den blauen Augen sah ich wie viele andere polnische Jungen aus. Manchmal setzte ich mich auf eine Parkbank, nur um zu beweisen, dass ich tun konnte, was ich wollte, und dass ich auf meine eigene Art den Nazis Widerstand leistete. Natürlich konnte ich das nicht tun, wenn irgendwer in der Nähe war, der mich kannte. Die Freunde, mit denen ich früher gespielt hatte, schauten jetzt zur Seite, wenn ich in ihre Nähe kam. Ich weiß nicht, ob sie mich verraten hätten, vermutlich schon, wenn auch nur dazu, um zu vergessen, dass sie einmal mit einem Juden befreundet gewesen waren. Ich beobachtete, wie sie jeden Morgen zur Schule gingen, als wäre nichts passiert, während sich für mich alles verändert hatte. Ich war nicht mehr der unbekümmerte, abenteuerlustige Junge, der sich darauf freute, eine Schwarzfahrt mit der Straßenbahn zu ergattern. Ich war irgendwie zu einem Hindernis für die angestrebte Weltherrschaft der Deutschen geworden.

Mein Vater fand seinen eigenen Weg, die Nazis zu bekämpfen und zugleich für unser Überleben zu sorgen, obwohl das bedeutete, etwas Illegales zu tun. Er arbeitete heimlich, ohne offiziell geführt zu werden, in der Glasfabrik in der Lipowastraße. Eines Tages schickte man ihn in die

Lipowastraße 4, auf der anderen Straßenseite, zu der Emailfabrik, in der er vor dem Krieg manchmal Werkzeuge repariert hatte. Der neue Besitzer, ein Nazi, wollte einen Safe geöffnet haben. Mein Vater stellte keine Fragen. Er packte einfach die erforderlichen Werkzeuge aus und hatte den Safe schnell geöffnet. Das erwies sich bald als die beste Sache, die er je getan hatte, denn dieser Nazi bot ihm völlig unerwartet eine Arbeitsstelle an.

Ich habe mich oft gefragt, was mein Vater in diesem Moment wohl dachte. War er erleichtert oder empfand er nur eine neue Angst, davor, was der Nazi als Nächstes von ihm verlangen würde? Er wusste, dass der Lohn, egal wie hoch er angesetzt war, nie in seinen Händen landen würde, sondern sofort von diesem Nazi kassiert würde. Diese Stelle anzunehmen, hieß mit anderen Worten, eine Arbeit ohne Lohn zu akzeptieren, doch es bedeutete auch einen möglichen Schutz für ihn und seine Familie. Auf diese Art würde es vielleicht jemanden geben, der zwischen ihm und dem nächsten Nazi stehen würde, der an seine Tür schlug. Es war einen Versuch wert. Außerdem hatte er keine echte Wahl, dieses Angebot abzulehnen. Vielleicht spürte er auch, dass dieser besondere Nazi so etwas wie Anstand besaß. Vielleicht war er, geschlagen, wie er war, auch bereit, nach dem kleinsten Strohhalm zu greifen, und dachte nur: *Tue, was dir gesagt wird. Mach keinen Ärger. Zeige, dass du etwas wert bist. Überlebe.*

Was immer seine Motivation war, mein Vater akzeptierte das Angebot auf der Stelle. Damit traf er eine Entscheidung, die unvorstellbare Konsequenzen hatte.

Dieser nationalsozialistische Geschäftsmann, dessen Safe er geknackt und der ihm gerade eine Arbeit angeboten hatte, war Oskar Schindler.

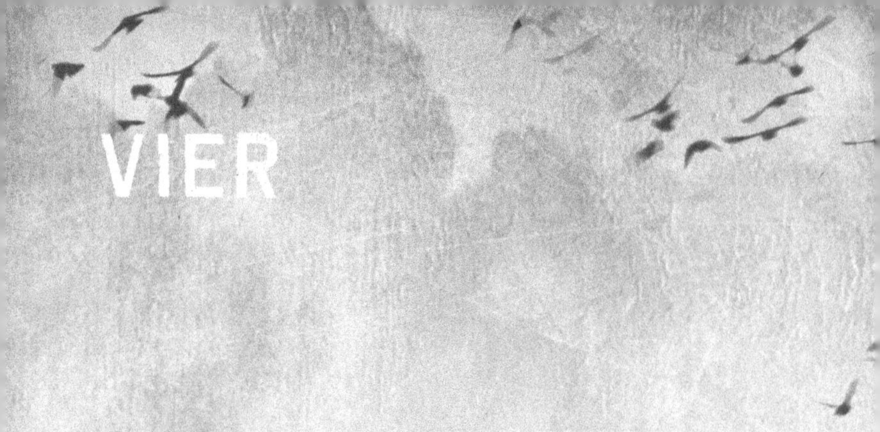

VIER

Oskar Schindler sind viele Namen gegeben worden: Schurke, Weiberheld, Kriegsgewinnler, Trunkenbold. Als Schindler meinem Vater diesen Arbeitsplatz anbot, kannte ich keine dieser Bezeichnungen, und es wäre mir auch egal gewesen. Krakau war voller Deutscher, die ihren Vorteil aus dem Krieg ziehen wollten. Schindlers Name bedeute mir nur deshalb etwas, weil er meinem Vater einen Arbeitsplatz angeboten hatte.

Dieses glückliche Ereignis mit dem Safe endete damit, dass mein Vater einer der ersten jüdischen Arbeiter in der Firma wurde, die Schindler gepachtet und dann, im November 1939, von einem bankrotten jüdischen Geschäftsmann namens Abraham Bankier übernommen hatte. Tatsächlich waren von den zweihundertfünfzig Arbeitern, die Schindler 1940 anstellte, nur sieben Juden; die übrigen waren nichtjüdische Polen. Schindler gab der Firma den neuen Namen »Deutsche Emaillewarenfabrik«, ein Name, der den deutschen Partnern beim Militär gefallen sollte. Die Abkürzung war Emalia. Armeen benötigen viel mehr als nur Waffen und Munition, um einen Krieg zu führen. Als cleverer Geschäftsmann nutzte Schindler die Chance und begann, Töpfe und Pfannen für die Deutschen herzustellen, ein Produktionszweig, der großen und weiter wachsenden Profit garantierte, insbesondere da seine Herstellungskosten gering waren. Er konnte polnische Arbeiter für wenig Lohn anstellen, und zusätzlich Juden, die überhaupt nichts bekamen.

Obwohl mein Vater kein Geld nach Hause brachte, hatte er immer ein bisschen Brot und ein paar Kohlen in seinen Taschen. Doch seine Arbeit gab uns etwas anderes, das mir mehr bedeutete, sogar wenn ich hungrig war und an fast nichts anderes denken konnte als an meinen knurrenden Magen. Die Arbeit für Schindler hieß, dass mein Vater offiziell angestellt war. Und es bedeutete, dass er, wenn er auf der Straße von einem deutschen Soldaten oder Polizisten angehalten wurde, der ihn zur Zwangsarbeit verpflichten wollte, zum Beispiel zum Straßenkehren oder Müll einsammeln oder im Winter zum Eishacken, über die erforderliche Beglaubigung als Schutz verfügte. Das Dokument hieß »Bescheinigung« und bestätigte, dass mein Vater offiziell bei einer deutschen Firma angestellt war. Die Bescheinigung war Schutz, Legitimation und Status. Sie machte ihn nicht unangreifbar für die Launen der Nazibesatzer, aber weit weniger angreifbar, als wenn er nicht angestellt gewesen wäre.

Ich habe keine Ahnung, ob Schindler viel davon wusste, was mein Vater jeden Tag tat, aber sicher erkannte er, dass er ein geschickter und talentierter Arbeiter war. Seine Geschicklichkeit beim Safeknacken hatte ihm Schindlers Respekt eingebracht. Und dieser Respekt hielt an. Schindler wusste wenig über die praktischen Grundlagen der Fabrikarbeit und hatte auch keine ersichtliche Motivation, etwas darüber zu lernen. Er hatte Angestellte, die das konnten. Mein Vater arbeitete viele Stunden in der Emalia und übernahm dann eine zweite Schicht in der früheren Glasfabrik. Beide Tätigkeiten verschafften ihm und uns eine geringe Menge Nahrungsmittel. Er traf auch ein Abkommen mit seinem nichtjüdischen Freund Wojek. Dieser sollte einige seiner guten Anzüge auf dem Schwarzmarkt verkaufen. Wojek behielt einen Teil des Geldes als Lohn für seine Mühe, aber was übrig blieb, reichte, damit wir ein bisschen mehr zu essen hatten.

Inzwischen hatten die Deutschen den Druck auf die Juden verstärkt. Jüdische Eltern konnten ihre Kinder nicht mehr mit dem Spruch beruhigen: »Bald ist alles vorbei«. Ein neuer Spruch kam auf: »Wenn das das Schlimmste ist«. Meine Mutter und mein Vater übernahmen diese Formulierung als Überlebensmöglichkeit, vielleicht auch als Methode, um dunklere Gedanken zu verdrängen. Als wir gezwungen wurden, den Nazis unseren Radioapparat auszuhändigen, wiederholten wir leise diese Worte. Und wann immer ein Deutscher in der Nähe war, flüsterten wir uns selbst zu: »Wenn das das Schlimmste ist …«

In den ersten Monaten des Jahres 1940 konnte ich noch ruhig in den Straßen von Krakau herumlaufen, wenn auch nicht ganz furchtlos. Ich konnte als »nichtjüdisch« durchgehen, weil ich noch immer jung genug aussah, um keinen verräterischen Davidsstern tragen zu müssen. Tag für Tag beobachtete ich, wie die deutschen Soldaten in ihren feldgrauen Uniformen einen Tanklaster durch die Straße vor unserem Haus begleiteten. Ich konnte nicht anders und war fasziniert von ihnen und den glänzenden Gewehren, die sie trugen. Schließlich war ich ein neugieriges Kind. Die Soldaten, wirklich nicht viel älter als ich, waren umgänglich, sogar freundlich. Da ich Deutsch sprach, kam ich ihnen wohl harmlos vor. Das Geplauder mit mir half ihnen, die Monotonie ihrer Tage zu durchbrechen. Sie ließen mich sogar ein paarmal ihre Wachstation betreten und teilten ihre Schokoladenration mit mir.

Trotzdem konnten die Soldaten in einem Moment freundlich sein und im nächsten gewalttätig. Wenn sie sich langweilten oder zu viel getrunken hatten, konnten sie einen traditionell gekleideten Juden auf der Straße schnappen und verprügeln. Hilflos und unfähig, diese Übergriffe zu stoppen, fühlte ich mich beschämt und verwirrt, wenn ich derartiges beobachtete. Warum hassten uns die Nazis so sehr? Ich hatte viele Männer gekannt, die traditionell gekleidete Juden waren, auch meine eigenen Großväter. Ich konnte nichts Unheimliches oder Unsauberes an ihnen erkennen, nichts, was sie dazu bestimmte, Opfer von Gewalt zu werden. Doch die Botschaften auf den Propagandaplakaten der Nazis erzählten etwas anderes. Mit ihren verzerrten, verlausten Gestalten und den hasserfüllten Texten erweckten sie den Eindruck, als sei es nicht nur erlaubt, sondern sogar gerecht, einen Juden anzugreifen, auch wenn er ganz anders aussah als auf der Abbildung auf dem Plakat.

Eines Nachts erlebte ich die Wut der Soldaten direkt. Einer von ihnen hatte herausgefunden, dass ich, der Junge, der mit ihnen auf Deutsch scherzte, den sie manchmal behandelten wie einen jüngeren Bruder und dem sie erlaubten, sich in ihrem Militärposten herumzutreiben, ein Jude war. Während ich schlief, drangen sie in unsere Wohnung ein und zerrten mich an den Haaren aus dem Bett.

»Wie heißt du?«, riefen sie. »Bist du ein Jude?«

Ich bestätigte es. Sie schlugen mich, wütend darüber, dass sie mich für ein »normales« Kind gehalten hatten. Zum Glück beließen sie es bei den Schlägen und verließen unsere Wohnung. Ich rannte in die Arme meiner Mutter, zitternd und weinend, und diesmal war ich es, der dachte: *Wenn das das Schlimmste ist …*

Im Mai 1940 fingen die Deutschen an, Krakau, die Hauptstadt des von den Deutschen kontrollierten Gebiets, das Generalgouvernement genannt wurde, von der jüdischen Bevölkerung zu »reinigen«. Die Deutschen ordneten an, dass nur 15.000 Juden in der Stadt bleiben dürften. In den nächsten Monaten wurden Zehntausende verschreckter Juden in jene Städte und Dörfer gebracht, aus denen viele vor kurzem erst geflohen waren. Die meisten gingen freiwillig, froh, ein paar Besitztümer mitnehmen zu dürfen, und erleichtert, den ständigen Aggressionen und den Schrecken der Nazis zu entkommen.

Wieder versuchten meine Eltern, etwas Positives an dieser Wendung zu finden. Sie sagten, die Juden erwarte außerhalb der Stadt ein besseres Leben, sie würden dort weniger beengt wohnen und müssten nicht mehr die unbarmherzigen Schikanen der deutschen Patrouillen auf der Straße ertragen. Sie erzählten sogar, dass diejenigen, die »freiwillig« weggegangen waren, Geld für Essen und für die Reise bekommen hatten.

Ich wollte meinen Eltern glauben, aber meine Brüder und meine Schwester waren nicht so leicht zu überzeugen. Wenn es so vorteilhaft war, die Stadt zu verlassen, fragten meine Geschwister, warum waren wir dann immer noch so fest entschlossen, in Krakau zu bleiben? Darauf hatten meine Eltern keine Antwort. Später erzählte mein Bruder David mir die schrecklichen Gerüchte: Die Deportierten waren nicht aufs Land geschickt worden, sondern in den Tod. Ich war hin- und hergerissen zwischen der

Überzeugung, dass diese Gerüchte falsch sein mussten, und dem Wissen, dass die Deutschen zu allem fähig waren. Ich brauchte mich bloß an den grausamen Angriff auf meinen Vater zu erinnern, um das zu wissen.

Ich war sehr erleichtert, als ich erfuhr, dass meine Familie wegen der Arbeit meines Vaters und unserer Aufenthaltsgenehmigung in Krakau bleiben durfte. Die »Bescheinigung« meines Vaters von der Emalia schützte meine Mutter, meine Brüder Tsalig und David und mich. Meine Schwester Pesza, der es gelungen war, eine Arbeit in einer Elektrofirma zu bekommen, besaß ihre eigene Bescheinigung. Doch wir wussten, wie gefährdet unsere Sicherheit war, angesichts der ständig wechselnden deutschen Gesetze und der immer neuen Maßnahmen. Jedes Mal, wenn ein deutscher Soldat an unsere Tür klopfte, zogen wir unsere Bescheinigungen hervor und hielten während der kurzen, aber unberechenbaren Inspektion die Luft an.

Die Arbeit meines Vaters bei Emalia half uns auch in anderer Hinsicht. Er bekam in der Fabrik ein Mittagessen. Er aß nie alles auf, egal wie hungrig er war, und brachte so viel wie möglich nach Hause. An manchen Tagen machte dieses bisschen heimlich mitgebrachte Essen den Unterschied zwischen hungern und *ver*hungern. Als es kalt wurde, gelang es meinem Vater, Kohlen aus dem für den Fabrikofen gedachten Vorrat in seiner Tasche nach Hause zu bringen, obwohl es natürlich verboten war, irgendetwas von dem Fabrikgelände mitzunehmen. Während der langen Winternächte, wenn wir uns um den Ofen drängten, waren diese wenigen Kohlen unsere einzige Wärmequelle.

Jeden Freitag, ohne jede Ausnahme, zündete meine Mutter die Schabbatkerzen gerade lang genug an, um den Segen zu sprechen. Weil Kerzen kaum mehr zu bekommen waren, noch nicht einmal auf dem Schwarzmarkt, blies sie sie sofort nach dem Segen wieder aus. Doch das reichte uns. In diesen kurzen Minuten empfand ich im Schein der Kerzen nicht nur eine tiefe Verbundenheit mit meiner Familie, sondern auch mit meinen Verwandten in Narewka, mit meinem Lieblingsgroßvater, mit den glücklicheren Tagen. Das Ritual bestätigte uns, wer wir waren, trotz der Erniedrigungen und Einschränkungen in der Welt draußen. Wir konnten das alles ertragen und überleben, dachten wir, so lange wir einander hatten.

Die nächsten Monate brachten keine guten Nachrichten für uns alle, die wir unter der deutschen Besatzung litten. Die Nazis genossen es aber, uns mit ihren Erfolgen zu bombardieren. Ihre Triumphe wurden unaufhörlich im Radio durchgegeben, sie standen in den Zeitungen, und sie fingen sogar an, auf großen Leinwänden Nachrichten mit Szenen ihrer Siege vorzuführen.

Ich erinnere mich, dass ich zu einem leeren Platz ging, auf dem eine Leinwand aufgebaut war, und mir endlose Paraden von Panzern mit jubelnden deutschen Soldaten anschaute, die im Mai und im Juni 1940 durch die Niederlande, Belgien, Luxemburg und Frankreich rollten.

Ende 1940 machten neue Gerüchte die Runde. Im südlichen Teil von Krakau, bekannt als Podgórze, wurde ein Ghetto eingerichtet. Das Gebiet sollte mit hohen Mauern umschlossen und die wenigen Tore ständig von deutschen Soldaten bewacht werden. Alle in der Stadt verbliebenen Juden würden gezwungen, in diesem Ghetto zu leben, das sie ohne Erlaubnis der Deutschen nicht verlassen dürften. Wir wussten, dass die Warschauer Juden schon in einem kleinen Stadtviertel zusammengepfercht worden waren, wo sie nun unter äußerst beengten Verhältnissen lebten. Ich versuchte, mich gegen diese neue Möglichkeit zu wappnen. Wie konnte so etwas geschehen? Es schien unmöglich. Doch allzu bald bewahrheiteten sich die Gerüchte. Ich sah, wie um ein Gebiet mit Wohnhäusern, nicht weit von unserem Haus entfernt, eine dreieinhalb Meter hohe Mauer errichtet wurde. Die Nazis ordneten an, dass die fünftausend nichtjüdischen Bewohner diesen Stadtteil zu verlassen hätten, damit die fünfzehntausend Juden, die sich noch in Krakau befanden, dort zusammengepfercht werden konnten.

Mein Vater, einfallsreich, wie er war, organisierte einen Wohnungstausch mit einem nichtjüdischen Freund, dessen Wohnung sich innerhalb des Ghettos befand, in der Hoffnung, dieser Tausch würde uns bessere Bedingungen verschaffen, als die Nazis uns zugedacht hatten. Anfang März 1941 packten wir unsere Sachen auf einen Wagen, den wir uns für den Umzug besorgt hatten, und verabschiedeten uns von unserer Wohnung, der letzten Verbindung zu dem einmal so vielversprechend erscheinenden Leben in der großen Stadt.

Anders als unsere erste Fahrt durch Krakau vor über anderthalb Jahren, als wir aufgeregt und erwartungsvoll mit einem Pferdewagen durch die Straßen gefahren waren, waren wir diesmal voller Schrecken. Als wir das Ghettotor erreichten, ergriff mich Panik. Ich schaute an der hohen Mauer hinauf und sah, dass die Nazis mit ihrem Sinn für Sadismus in den letzten Tagen die Mauern oben mit abgerundeten Grabsteinen abgeschlossen hatten. Deren unausgesprochene Nachricht hieß, dass wir an einen Ort zogen, der unser Friedhof werden sollte. Ich konnte den Blick fast nicht von diesen Symbolen des Todes abwenden, die uns »begrüßten«. Ich schaute schnell zu Tsalig hinüber, um mich zu beruhigen, aber er hielt den Kopf gesenkt und wich meinem Blick aus, als wir an den Wachmännern vorbei durch das Tor gingen.

Im Ghetto suchten wir den Weg zu unserem neuen Zuhause, einem Gebäude in der Lwowskastraße 18. Wir trugen unsere wenigen Habseligkeiten die Treppe hinauf zu der Ein-Zimmer-Wohnung, die wir eingetauscht hatten. An der Tür trafen wir Herrn und Frau Luftig. Sie waren zwei der Juden, die man aus Deutschland vertrieben hatte und die irgendwie in Krakau gelandet waren. Die Ghettoverwaltung hatte ihnen, ohne Rücksicht auf den arrangierten Tausch meines Vaters, diese Wohnung zugeteilt. Obwohl meine Eltern über diesen Zustand nicht glücklich waren, wagten sie nicht, sich zu beschweren, aus Furcht vor möglichen Vergeltungsmaßnahmen. Wir passten uns also an, wie es alle Juden im Ghetto taten. Mein Vater hängte mitten im Zimmer ein Betttuch auf, um uns sechs von den Luftigs zu trennen. Während meine Mutter und meine Schwester die wenigen Dinge auspackten, die wir hatten mitnehmen können, verließen meine Brüder und ich den beengten Raum, um uns mit unserer neuen Umgebung vertraut zu machen und zu sehen, was wir herausfinden konnten. Wir waren entschlossen, das Beste aus der Situation zu machen. Was hätten wir sonst auch tun können?

Ein paar Tage, nachdem wir ins Ghetto gezogen waren, verriegelten die Nazis die Tore und schlossen uns ein. Noch immer dachten wir:

Wenn das das Schlimmste ist … Wenn es das bloß gewesen wäre.

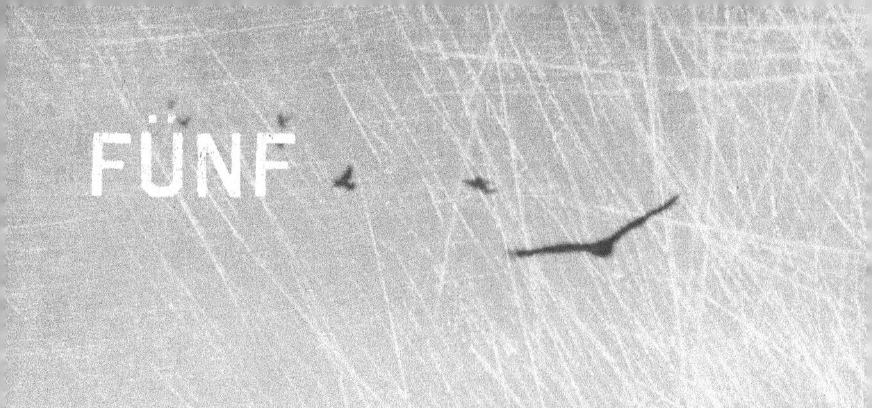

FÜNF

Eines Tages werde ich dich nach Amerika bringen, wo mein Sohn lebt«, versprach mir Herr Luftig, als wir auf seiner Seite des raumtrennenden Betttuchs zusammen seine Pfeifen reinigten. In meinem ersten Jahr im Ghetto saß ich oft mit Herrn Luftig zusammen. Er war ein geduldiger und großzügiger Mann in den Fünfzigern und liebte es, mir Geschichten über das Leben seines Sohns in New York City zu erzählen, einem Phantasieland mit unbegrenzten Möglichkeiten, einem Überfluss an Lebensmitteln und fast ohne Einschränkungen für Juden. Wenn seine sieben oder acht Pfeifen gereinigt waren, legte Herr Luftig sie stolz nebeneinander auf einen Tisch. Ich betrachtete die Sammlung voller Bewunderung. Es gab gerade Pfeifen, geschwungene Pfeifen und sogar eine mit einem Deckel. Es spielte keine Rolle, dass Herr Luftig keinen Tabak hatte, um sie zu stopfen. Die Pfeifen symbolisierten eine geordnete, zivilisierte Welt jenseits der Kontrolle der Nazis.

Frau Luftig war eine stille und geduldige Frau. Sie und meine Mutter freundeten sich an, und manchmal kochten sie gemeinsam. Die Verzweiflung über diese hoffnungslosen Bedingungen war leichter zu ertragen, wenn man zusammenhielt. Was in unserer Wohnung passierte, wiederholte sich tausende Male. Wir alle kämpften im Ghetto um unser Leben und unsere Würde, trotz des wahllosen Tötens, trotz der schrecklichen Krankheiten, der abgerissenen Kleidung, trotz des Hungers.

Da fünfzehntausend Menschen in Behausungen lebten, die höchstens für fünftausend bestimmt waren, waren die sanitären Bedingungen absolut erbärmlich. Toiletten im Haus, die uns inzwischen selbstverständlich geworden waren, wurden nun zu einem unerreichbaren Luxus. Vor den wenigen Toilettenhäuschen draußen gab es lange Schlangen, und im Winter waren meine Füße fast abgefroren, wenn ich mein Geschäft endlich erledigt hatte. Die Enge, die armselige Ernährung und der Mangel an Hygiene verursachten schreckliche Krankheiten, von Typhus bis Scharlach. Viele litten an Psychosen, und fast jede Familie war von Krankheiten betroffen.

Für die Nazis waren wir Juden eine verabscheuungswürdige Gruppe, das genaue Gegenteil der blonden, blauäugigen »Arier«. In Wirklichkeit waren wir gar nicht so anders. Viele Juden hatten blonde Haare und blaue Augen, und viele Deutsche und Österreicher, darunter Adolf Hitler, hatten dunkle Augen und dunkle Haare. Aber für die Naziideologie waren Juden eine Einheit, sie waren die verhassten Feinde der Arier. Für sie ging es bei den Juden nicht um den Glauben, sondern um die Rasse. Ich verstand das nicht, und ich fragte mich sogar, ob die Nazis solche Widersprüchlichkeiten tatsächlich glaubten. Hätten sie sich die Zeit genommen, uns wirklich anzuschauen, hätten sie menschliche Wesen gesehen, die genau wie sie waren: manche mit blauen Augen, andere mit braunen. Sie hätten Familien wie ihre eigenen gesehen: Söhne und Töchter, Mütter und Väter, Ärzte, Rechtsanwälte, Lehrer, Handwerker, Schneider, individuelle Personen aus allen möglichen Lebensbereichen.

Die Nazis hatten uns die unmöglichsten Lebensbedingungen aufgezwungen, Bedingungen, die das Schlimmste in den Menschen hervorrufen. Obwohl alles gegen uns war, waren wir entschlossen, uns weiterhin den anderen gegenüber respektvoll zu verhalten. Indem wir unsere Menschlichkeit und unser Erbe bewahrten, setzten wir der Verwerflichkeit der Nazis einen subtilen Widerstand entgegen. Rabbiner leisteten Widerstand, indem sie an jüdischen Feiertagen Gottesdienste abhielten. Ärzte und Krankenschwestern leisteten Widerstand, indem sie Kranke und Verletzte am Leben erhielten und halfen, neues Leben auf die Welt zu bringen. Schauspieler und Musiker leisteten Widerstand, indem sie in Hinterhöfen und an anderen Orten behelfsmäßige Bühnen errichteten und Stücke aufführten oder Konzerte gaben. Sie bewiesen, dass Schönheit und Kultur auch inmitten der schlimmsten Lebensumstände im Ghetto existieren konnten.

Ich erinnere mich daran, dass ich oben auf einer Mauer saß, um eine Komödie voller galligem Humor anzuschauen. Sogar wenn ich die Witze nicht immer verstand, lachte ich, denn es war ein Weg, den Nazis zu zeigen, dass sie mich nicht kontrollieren konnten. Für kurze Zeit fühlte ich mich wohler. Juden widerstanden der düsteren Umgebung, indem sie ihre Hoffnungen, ihre Träume und Geschichten miteinander teilten, so wie Herr Luftig es mit mir tat.

Manche Leute leisteten Widerstand, indem sie sich verliebten. Paare machten einander den Hof und heirateten, Babys wurden geboren. Romanzen blühten, trotz der Unterdrückung um uns herum. Auch meinem Bruder Tsalig passierte das. Er verliebte sich in Miriam, die Tochter eines Bürstenmachers, die mit ihrer Familie in einem Haus neben uns wohnte. Für meinen siebzehnjährigen Bruder war es eine neue Erfahrung, sich zu verlieben, und eine wundervolle Ablenkung von der Hässlichkeit des Ghettolebens. Für mich war sein Verliebtsein nicht so positiv, weil ich das Gefühl hatte, ihn nun mit jemand anderem teilen zu müssen. Das machte mich manchmal ein bisschen böse. »Ihr Gesicht ist hübsch, aber ihre Beine gefallen mir nicht«, sagte ich einmal zu Tsalig – als hätte er mich um meine Meinung gebeten. Er hätte wütend oder abweisend reagieren können, doch er lachte nur, gab mir einen Schubs und sagte: »Eines Tages wirst du nicht so kritisch sein, wenn es um Mädchen geht.« Mit diesen Worten verschwand er wieder, um Miriam zu treffen. Er lief Hand in Hand mit ihr herum, und vielleicht machten sie Pläne für ein zukünftiges gemeinsames Leben.

Wenn Tsalig nicht da war, beschäftigte ich mich selbst. Ich ging zum geheim abgehaltenen Hebräischunterricht in der abgedunkelten Wohnung eines Rabbiners. Ich freundete mich mit anderen Jungen meines Alters an, unter anderem mit Jossel und Samuel, deren Vater, Herr Bircz, ein Schuhmacher war. Sie lebten in der Wohnung unter uns. Meine Freunde und ich spielten Karten und erkundeten das Gewirr von Straßen im Viertel. Wir organisierten spontane »Shows« im Hof hinter unserem Haus, und ich entwickelte eine komödiantische Szene mit einem Hut, der auf meinem Kopf wippte. Ich nehme an, dass meine Imitationen ziemlich armselig waren, aber meine Freunde lachten trotzdem.

Ich brachte mir sogar selbst das Radfahren bei. Ein Mann aus unserem Haus hatte ein Fahrrad vor seiner Wohnung stehen. Eines Tages forderte er mich auf, es für ihn zu putzen. Dafür, versprach er, dürfe ich eine Tour machen. Obwohl ich noch nie auf einem Fahrrad gefahren war, war ich neugierig. Nachdem ich das Rad geputzt hatte, stieg ich auf, streckte die Beine, um die Pedale zu erreichen, und fuhr schwankend ein Stück, bis ich umkippte. Ich versuchte es wieder, und als ich endlich glaubte, das Gleichgewicht halten zu können, stieß ich mich mutig ab, bog um die Kurve und fuhr immer schneller die Straße entlang. Fast als würde ich fliegen. Für wenige Sekunden war ich kein Gefangener in einem Nazighetto, eingesperrt hinter hohen Mauern, sondern ein zwölfjähriger Junge wie jeder andere, der die Mischung aus Gefahr und Aufregung genoss. Noch nicht einmal das unvermeidliche Ende meiner Fahrt – als ich auf das Pflaster knallte und mir die Stirn aufschlug – dämpfte meine Begeisterung.

Solche Ablenkungen waren kostbar und selten. Die meiste Zeit konzentrierte ich mich auf die schwierige Aufgabe, etwas Essbares zu finden. Jeden Tag lief ich die Bürgersteige und die Straßen entlang und suchte nach einer Brotrinde oder sonst etwas Genießbarem, um meinen ständigen Hunger zu stillen. Angesichts der Tatsache, dass wir kaum etwas zu essen hatten, kann man kaum glauben, dass wir auch nur die ersten Wochen im Ghetto überlebten. Meine Mutter erfand eine Vielzahl von Suppen, deren Hauptbestandteil Wasser war, und mein Vater, dessen Arbeitsbescheinigung ihm erlaubte, das Ghetto zu verlassen, um ein paar Blocks weiter in Schindlers Fabrik zu arbeiten, versuchte immer, eine Kartoffel oder ein Stück Brot mitzubringen. Ich erinnere mich noch genau, wie ich mich jeden Abend neben ihn stellte, wenn er seine Taschen leerte, und insgeheim betete, dass etwas Essbares dabei war, das wir teilen könnten. Manchmal war Essen auf dem Schwarzmarkt zu bekommen, aber dann musste man etwas zum Tauschen haben. Die Nazis stellten eine geringe Ration Brot zur Verfügung, sonst nichts.

Herr Bircz, der Schuhmacher aus dem unteren Stockwerk, machte Geschäfte außerhalb des Ghettos. Eines Tages kam er von einem Kunden mit *Galareta* zurück, einem polnischen Gericht aus gelierten Hühnerbeinen. Obwohl sie selbst wenig hatten, teilte die Familie Bircz ihr Mahl mit mir. Sogar eine derartige Sonderration schaffte es nicht, meinen wütenden Hunger zu stillen. Ich war die ganze Zeit hungrig, richtig hungrig. Der Schlaf war die einzige Erleichterung, die einzige Zeit, in der ich nicht ständig an Essen dachte, aber oft träumte ich sogar davon.

Meine Familie hatte unsere Reserve an Goldstücken schon aufgebraucht, und die Ersparnisse meines Vaters waren verschwunden. Zum Tauschen hatten wir nur noch die Anzüge meines Vaters. Wenn wir besonders verzweifelt waren, bat mein Vater wieder einmal seinen alten Freund Wojek, der außerhalb des Ghettos lebte, einen Anzug auf dem Schwarzmarkt zu verkaufen. Wie früher gab Wojek uns das Geld, abzüglich seiner Provision.

Andere Juden waren besser dran als wir. Manche waren mit Geld oder Schmuck gekommen, den sie gegen Nahrungsmittel tauschen konnten. Eine wohlhabende Frau in der Wohnung über uns bat mich gelegentlich, irgendwelche Aufträge für sie zu erledigen. Eines Tages nahm sie, als ich zurückkam, einen ganzen Leib Brot heraus und schnitt, als Lohn, eine dicke Scheibe für mich ab. Ich schaute erstaunt zu, als sie die Scheibe großzügig mit Butter bestrich. Es wäre mir nie eingefallen, diese Kostbarkeit allein aufzuessen. Stattdessen brachte ich sie zu meiner Mutter. Sie kratzte die Butter ab, schnitt das Brot in dünnere Scheiben und bestrich sie mit der Butter. Die ganze Familie teilte sich diesen seltenen Schatz. Das war ein guter Tag.

Da wir keine Wertsachen besaßen, war Arbeit die einzige Hoffnung meiner Familie, nicht zu verhungern. Arbeit bedeutete Nahrung, vielleicht mittags eine Suppe und manchmal ein kleines Stück Brot, das man nach Hause bringen konnte. Jeder von uns bemühte sich nach Kräften, etwas beizusteuern. Tsalig reparierte weiterhin Heizplatten und andere elektrische Geräte gegen etwas zu essen als Bezahlung. Später arbeitete er in der kleinen Bürstenmacherei von Miriams Vater, die alle möglichen Bürsten herstellte: Flaschenbürsten, Schuhbürsten und große Bürsten für Schrubber. Er erledigte auch Hausarbeit gegen Stücklohn, ein bisschen Geld oder etwas zu essen. Pesza arbeitete in der Elektrofirma außerhalb des Ghettos, und von Zeit zu Zeit gelang es ihr ebenfalls, Brot oder eine oder zwei Kartoffeln mit nach Hause zu bringen. Meine Mutter putzte die Räume der jüdischen Verwaltung und die

Räume von Nazis, die eigene Büros innerhalb des Ghettos hatten.

Eines Tages nahm mein Vater seinen ganzen Mut zusammen und bat Schindler, meinen Bruder David, damals vierzehn Jahre alt, in seiner Fabrik anzustellen, und Schindler war einverstanden. Jeden Tag gingen mein Vater und David nun gemeinsam weg und kamen gemeinsam zurück, manchmal mit ein bisschen Essen oder ein paar Kohlen. Und ich stand jeden Abend zwischen den beiden und hoffte, dass ihre Taschen nicht leer waren.

Dank Tsalig, der sich immer nach einer Tätigkeit für mich umschaute, fing ich ebenfalls an, für den Bürstenmacher zu arbeiten. Ich zog Borsten durch ein Brett, um Bürsten für die Deutschen zu machen. Ich war erst zwölf, offensichtlich zu jung, um einen ganzen Tag zu arbeiten, aber ich hielt mich selbst nicht mehr für ein Kind, und die anderen taten es auch nicht. Ich musste nach Kräften dazu beitragen, meine Familie am Leben zu erhalten.

Sprachen wir innerhalb der Familie über die Zukunft oder schmiedeten wir Notfallpläne, falls die Situation noch schlimmer werden würde? Nein, das taten wir nicht. Wir konnten keine zwei Minuten vorausdenken, solange wir unsere ganze Energie brauchten, um nur den nächsten Tag zu überstehen. Wir lebten ganz im Augenblick, fest entschlossen, den Tag unversehrt zu überleben. Ich war so besessen von meiner Suche nach Nahrung, dass ich weder

Zeit noch Raum für andere Gedanken in mir hatte. Unser Ziel war es, so lange am Leben zu bleiben, bis die Deutschen den Krieg verloren hätten und geschlagen das Land verlassen würden.

Mein Vater mochte sich Sorgen um unsere Sicherheit gemacht haben, aber er verbarg diese Gefühle hinter einem undurchdringlichen Gesichtsausdruck. Er sprach sehr wenig, und an manchen Tagen schien er uns kaum wahrzunehmen. Er kam von seiner langen Tagesarbeit zurück, holte aus seinen Taschen das, was er hatte ergattern können, und fiel dann ins Bett. Herr Luftig hingegen blieb immer sehr freundlich. Wenn wir ein paar Kohlen im Ofen brennen hatten, setzte er sich davor und wärmte seine Hände, wobei eine seiner Pfeifen aus seinem Mund hing. Das war sein größtes Vergnügen, auch wenn die Pfeife leer war. Manchmal unterbrach meine Mutter die Stille, um auszusprechen, was wir alle dachten. »Wie sollen wir nur den Winter überstehen?«, fragte sie immer wieder, ohne dabei jemanden anzusprechen. »Wie sollen wir es überstehen?« Ich hatte absolut keine Ahnung.

In Schindlers Fabrik schnappte mein Vater von den nichtjüdischen Arbeitern Gerüchte über den Kriegsverlauf auf. Er fügte die Bruchstücke von Informationen zusammen, um die Bewegung der deutschen Armee zu rekonstruieren, und spekulierte, was die alliierten Truppen in Europa, angeführt von Großbritannien, den Vereinigten Staaten und der Sowjetunion – die kein Verbündeter von Deutschland mehr war – wohl planen mochten. Obwohl wir hofften, dass die deutsche Armee bald besiegt wäre, hatten wir keine Ahnung, was als Nächstes passieren würde. Die spärlichen Informationen, die wir bekamen, waren oft widersprüchlich.

Im Mai 1942 bekamen wir den ersten Vorgeschmack der noch schlimmeren Leiden, die uns bevorstanden. Die Nazis kündigten an, es würde einen Transport aus dem Ghetto aufs Land geben, und sie ermutigten uns, freiwillig die engen, unhygienischen Bedingungen gegen frische Luft und viel Platz zu tauschen. Etwa tausendfünfhundert Juden meldeten sich. Sie wollten mitgehen, weil sie dachten, alles müsse besser sein als diese verwahrloste Umgebung, in der wir uns befanden. Im Juni hörten die Nazis auf, freundlich nach Freiwilligen zu fragen. Stattdessen ordneten sie an, dass alle »nicht lebenswichtigen« Juden, was sich hauptsächlich auf Ältere und solche ohne Arbeit bezog, ihre Wohnungen zu verlassen und auf Transport zu gehen hatten. Die Papiere von Schindlers Fabrik hatten uns bisher vor der Deportation beschützt, doch die Familie Luftig hatte dieses Glück nicht. Ohne Vorwarnung wurden sie aufgefordert, ihre Sachen zu packen und sich auf dem Hauptplatz im Ghetto einzufinden. Es blieb keine Zeit, ihnen bei den Vorbereitungen zu helfen, es blieb noch nicht einmal Zeit, uns voneinander zu verabschieden.

Als die Deportation fortschritt, lief ich hinunter zur Wohnung des Schuhmachers, um dort vom Fenster aus einen Blick auf das zu werfen, was vor sich ging. Eine große Anzahl unserer Freunde und Nachbarn, darunter auch einige der Jungen, mit denen ich Hebräisch gelernt und Komödien auf den behelfsmäßigen Bühnen angeschaut hatte, ging schweigend die Hauptstraße entlang Richtung Bahnhof. Ich spähte über das Fensterbrett und suchte nach den Luftigs. Mit ihren Koffern schleppten sie sich mühsam vorbei. Ich wollte ihnen zuwinken, ihnen ein Zeichen der Ermutigung schicken, aber ich war starr vor Angst, als ich die deutschen Wachleute sah, die sie mit Gewehrstößen weitertrieben. Herr Luftig starrte ausdruckslos vor sich auf die Straße. Hatte er mich aus dem Augenwinkel gesehen? Ich wusste es nicht. Ich konnte es nur hoffen. Allmählich verschwanden die Luftigs aus meinem Blickfeld und wurden von dem Meer der Tausenden verschluckt. Ich blieb auf meinem Ausblicksposten am Fenster stehen, bis der letzte Deportierte vorbei war. Dann stieg ich mit schwerem Herzen die Treppe hinauf zu unserer Wohnung. »Sie sind weg«, sagte ich traurig zu meiner Mutter, aber das wusste sie ja schon.

»Er hat dir das hier dagelassen«, erwiderte sie und gab mir eine altmodische Thermosflasche mit Glaseinsatz. Dann nahm ich das Betttuch herunter, das unseren Zimmerabschnitt von dem der Luftigs trennte, und sah, dass er noch etwas anderes zurückgelassen hatte. Seine wunderbaren Pfeifen.

Ein Zittern lief durch meinen Körper. Herr Luftig hatte entschieden, dass er, egal wohin man ihn bringen würde, seine Pfeifen nicht mehr brauchte. Es war ein beunruhigendes Zeichen.

Eine Woche später wartete ein weiterer Zug der Nazis, und die nächsten Juden waren an der Reihe. Zwangsräumungen wurden diese Aktionen genannt, nicht Deportationen. Diesmal liefen sie nicht so leise ab. Entflohene von früheren Deportationen waren heimlich ins Ghetto zurückgekommen, mit Geschichten von übervollen Zügen, die in ein Lager fuhren und leer zurückkamen, obwohl die Zahl der Lagerinsassen nie zunahm. Je mehr solcher Erfahrungsberichte wir hörten, umso klarer wurde uns, was vorging. Es war schrecklich. Deshalb brach diesmal Chaos aus, als die Nazis anfingen, Juden zusammenzutreiben. Soldaten tobten durch das Ghetto und verlangten, dass die Juden die geforderten Ausweise zeigten und stießen jeden, der das nicht konnte, hinaus auf die Straßen, in denen es bereits von anderen Unglücklichen wimmelte.

Am 8. Juni brachen deutsche Soldaten in unser Haus ein und drangen wieder gewaltsam in unsere Wohnung. »Schnell, schnell«, riefen sie, als mein Vater zitternd seine Arbeitserlaubnis vorzeigte. Er hatte einen *Blauschein* bekommen, eine von der Gestapo ausgestellte Erlaubnis, zusätzlich zu seinem Ausweis, von dem wir hofften, er würde uns wieder alle vor der Deportation bewahren. Tsalig war inzwischen siebzehn und brauchte einen eigenen *Blauschein,* den er zu unserem Unglück aber nicht besaß. Hätten wir wenigstens ein paar Minuten vorher Zeit gehabt, hätten wir bestimmt einen Weg gefunden, Tsalig zu verstecken. Doch nun war es zu spät. Ich spürte, wie mir das Blut in den Adern gefror, als ich erkannte, dass sie meinen Bruder mitnehmen würden. Ich wollte »Nein!« schreien und vorspringen, um ihn zu retten, aber ich wusste, dass das Selbstmord war und dass ich damit unser aller Leben in Gefahr bringen würde. Die Soldaten bogen Tsaligs Arme hinter seinen Kopf und drängten ihn aus der Tür. Es dauerte nur eine Minute, und mein geliebter Bruder war weg.

Ich habe jene Minuten unzählige Male im Kopf durchgespielt. Wir hätten vorbereitet sein müssen. Wir hätten ein Versteck und einen Notplan für eine derartige Situation haben müssen. Aber diese Razzia hatte uns, wie so viele andere im Ghetto, völlig unerwartet getroffen, ohne ausreichend Zeit, Vorkehrungen zu treffen. Siebzig Jahre später kann ich ihn noch vor mir sehen, wie er von den Nazis aus unserer Wohnung getrieben wurde.

In dem Film *Schindlers Liste* gibt es eine Szene, in der Oskar Schindler zum Bahnhof eilt, um seinen Buchhalter Itzhak Stern zu retten, der bei einer Razzia gefangen genommen worden war. Schindler kam gerade rechtzeitig an, um Sterns Namen zu rufen und ihn aus dem Zug zu ziehen, als dieser sich schon in Bewegung setzte. Was der Film nicht zeigt, ist eine andere Geschichte, die Schindler meinem Vater im Nachhinein erzählt hat. Als er verzweifelt die vollgestopften Viehwaggons nach Stern absuchte, entdeckte er Tsalig und erkannte in ihm den Sohn seines Arbeiters Mosche. Er rief ihm zu, dass er ihn aus dem Zug holen könne, aber Tsalig war mit seiner Freundin Miriam zusammen. Da keiner von Miriams Familie bei Schindler arbeitete, gab es nichts, was sie hätte retten können. Tsalig sagte zu Schindler, er könne Miriam nicht allein lassen. So ein Mensch war mein Bruder. Er war nicht bereit, seine Freundin im Stich zu lassen, auch wenn er damit sein eigenes Leben aufs Spiel setzte.

Ein paar Tage später hörten wir, dass der Zug zu einem Lager namens Bełżec gefahren war, von dem Gerüchte behaupteten, dort würden Menschen vergast. *Wie lange wird Tsalig in einer Gaskammer die Luft angehalten haben können? Lang genug, um zu überleben?* Alles, was ich tun konnte, war zu beten, dass mein liebster Bruder verschont geblieben war oder einen Weg gefunden hatte, zu entkommen.

SECHS

Ich hörte einen Schuss und dann noch einen. Ich spürte, wie eine Kugel an meinem Ohr vorbeisauste und die Mauer hinter mir traf. Ich verschwand schnell im Eingang eines benachbarten Hinterhauses. Mein Herz raste. Weitere Schüsse waren zu hören. War ich getroffen worden? Wie konnte ich das wissen? Ich hatte einmal gehört, dass man nicht spürte, ob man angeschossen war. Ich wusste nur, dass ich panisch vor Angst war. Ich drückte mich an die Tür hinter mir und wartete. Was würde als Nächstes passieren? Lud der Soldat seine Waffe erneut? Hatte er mich im Blick? Die Tür ging ein paar Zentimeter auf. Ich drückte fest dagegen, quetschte mich hinein und bettelte: »*Prosze, prosze.*« »Bitte, bitte.«

»Was hast du da draußen verloren?«, fragte der Mann barsch, als er die Tür hinter mir schloss. Ich wollte antworten, aber ich bekam kein Wort heraus. Ich starrte auf meine zitternden Hände. Kein Blut. Ich tastete über meine Brust, meine Beine, meinen Kopf. Ich lebte. Ich war nicht getroffen worden. Tränen rollten über meine

Wangen. »Ich habe versucht zu helfen«, antwortete ich schließlich.

Früher am Abend hatten mein Freund Jossel und ich eine alte Frau auf einer Trage zum Krankenrevier des Ghettos gebracht, aber wir hatten uns bei der Berechnung gefährlich geirrt. Wir hatten mit ihr zu lange vor dem Krankenrevier gewartet, bevor wir uns auf den Heimweg machten, und hatten die Sperrstunde überschritten, den Zeitpunkt, nach dem kein Jude mehr auf der Straße sein durfte. Um nach Hause zu kommen, mussten wir an einem Ghettotor vorbei, an dem immer etliche Soldaten Wache standen, und dann um die Ecke biegen. Als wir so schnell wie möglich vorbeiliefen, hob einer der Soldaten das Gewehr und zielte auf uns. Getrieben von unserem Instinkt, rannten Jossel und ich in verschiedene Richtungen davon, und wir entkamen mit Mühe den Schüssen. Der Soldat verlor vermutlich sein Interesse an uns, sobald wir seinen Blicken entschwunden waren, aber ich war nicht bereit, mein Leben ein zweites Mal zu riskieren. Ich verbrachte die Nacht bei Fremden, zusammengerollt in dem kalten Gang, erschrocken und sehr allein, aber froh, dass ich nicht getroffen worden war.

Als ich am nächsten Morgen endlich nach Hause kam, schlang meine Mutter die Arme um mich. Sie, die ihre Gefühle die meiste Zeit unter Kontrolle hatte, schluchzte in diesem Moment hysterisch. Der Gedanke, vielleicht einen zweiten Sohn zu verlieren, war einfach zu viel für sie.

Die Transporte hatten das Ghetto geleert, viele Bewohner waren verschwunden, unter ihnen nicht nur die Luftigs und mein Bruder Tsalig, sondern auch Samuels und Jossels Vater, Herr Bircz, der das Essen seiner Familie mit mir geteilt hatte. Demzufolge war Platz kein Problem mehr, aber andere Gefahren nahmen zu. Wir litten alle Hunger. Krankheiten breiteten sich ungehemmt aus, schwächten, lähmten und töteten unterschiedslos. Es herrschte ein überwältigendes Gefühl der Sinnlosigkeit. Bestechungen hatten noch nicht einmal die wohlhabenderen Bewohner des Ghettos geschützt. Jeder hatte einen geliebten Menschen verloren.

In den meisten Fällen war das Überleben eine Frage des Glücks. Was einem an dem einen Tag nützte, konnte am Tag darauf oder sogar in der nächsten Sekunde nicht mehr helfen. Manche dachten immer noch, sie könnten die Nazis überlisten, sie könnten sich durch das Labyrinth manövrieren und den Krieg überleben. Tatsächlich gab es jedoch keine sichere Methode, durch eine Welt zu kommen, die komplett verrückt geworden war.

Ende Oktober 1942 hörte Schindler von einem weiteren Transport, deshalb behielt er seine Arbeiter über Nacht in der Fabrik, statt sie ins Ghetto zurückzuschicken. Er wusste, dass dieser Versuch während einer Razzia keine absolute Sicherheit war. Auch Pesza verbrachte die Nacht in ihrer Fabrik, was bedeutete, dass meine Mutter und ich allein in der Wohnung waren. Meine Mutter und Frau Bircz hatten sich einen Plan ausgedacht, von dem sie hofften, er würde uns schützen. Sie beschlossen, sich in aller Öffentlichkeit zu verstecken, indem sie den Hof aufräumten und kehrten und arbeitsam und nützlich aussahen. Inzwischen sollten Frau Birczs Söhne Jossel und Samuel sich zusammen mit mir unter dem Dach eines Schuppens hinter unserem Haus verstecken. Es war sehr eng, der Abstand zwischen den Dachsparren und dem Dach betrug nur etwa 25 Zentimeter.

An diesem Morgen war das Ghetto erfüllt vom Lärm der Aktion, man hörte Schüsse, deutsche Schreie, das Zuschlagen von Türen und die Schritte von schweren Stiefeln auf den Treppen. Meine Mutter und Frau Bircz starteten ihren Plan. Sie begannen, den Hof zu kehren, als hinge ihr Leben davon ab, was ja tatsächlich auch der Fall war.

Jossel, Samuel und ich krochen in unser Versteck. Wir hatten kaum Platz zum Atmen und versuchten, bewegungslos und mäuschenstill auszuharren, während wir warteten. Ich lag auf den Sparren und konnte lediglich den Schuppen darunter sehen. Aber ich konnte das Geschrei und die Schüsse hören, die die Luft erfüllten. Der Lärm wurde lauter, als sich die Soldaten unserem Haus näherten. Schäferhunde wurden eingesetzt, sie spürten Versteckte auf und fingen an zu bellen. Ihre Besitzer missachteten die flehenden Bitten um Gnade und töteten wahllos. Ich hielt mir die Ohren zu, um das Schreien und Jammern und Bitten und das »Nein« nicht zu hören.

Plötzlich tauchte meine Mutter im Schuppen auf. Sie wollte uns eine Kanne mit Wasser bringen und dann in den Hof zurückkehren. Doch als die Nazis erschienen, stellte sie, getrieben von einem Überlebensinstinkt, die Kanne auf den Boden und kletterte herauf in unser Versteck. Eng aneinandergequetscht beteten wir, nicht entdeckt zu werden. Dann realisierten wir etwas Schreckliches. Wir starrten hinunter auf den Boden. In ihrer Eile, sich zu verstecken, hatte meine Mutter die Kanne direkt unter uns stehen lassen. Wenn die Nazis den Schuppen betraten, würden sie sie entdecken und misstrauisch werden, und bestimmt würden sie nach oben schauen und uns entdecken. Ich schloss die Augen, stellte mir vor, wie Kugeln durch die Sparren in mich dringen würden. Wir waren ein leichtes Ziel.

Nach einigen Stunden hörten die Schreie auf. Gelegentlich waren noch Schüsse zu hören, aber die Abstände wurden länger und länger. Wir schienen das Schlimmste überstanden zu haben, aber wir wagten nicht, uns zu rühren. Als es dunkel wurde, hörten wir die Stimme eines Mannes im Hof: »Jetzt ist es sicher, ihr könnt herauskommen.« Mein Blick traf den meiner Mutter. Sie flüsterte kaum hörbar: »Nein.« Ich verstand sofort: Es konnte eine Falle sein. Wir blieben in unserem Versteck.

In dieser Nacht senkte sich eine betäubende Kälte über

das Ghetto. Jossel, Samuel, meine Mutter und ich drängten uns in der Dunkelheit zähneklappernd aneinander. Wir lagen wach, zu erschrocken, um zu schlafen oder unserem Verlangen nach einer Toilette nachzugeben.

Die SS, die Schutzstaffel, die anfangs nur Hitler schützen sollte und sich allmählich als Zuständige für die »Judenfrage« etabliert hatte, patrouillierte auch am nächsten Tag durch das Ghetto. Wir konnten die Schüsse hören, das Hundegebell, die Schreie. Der Instinkt meiner Mutter hatte sich als richtig erwiesen. Die Aktion war noch nicht vorbei. Ich konnte nicht mehr, ich war am Ende. Hunger, Durst und Angst hatten meine Kräfte erschöpft. Ich konnte nur noch an die Kanne mit Wasser denken, die meine Mutter auf dem Boden stehen gelassen hatte. Ich versuchte sie zu überzeugen, dass ich hinunterspringen und die Kanne holen könnte, ohne dass es jemand merkte, aber sie wollte nichts davon hören. Zitternd vor Kälte und Angst blieben wir bis zur Dunkelheit in unserem engen Versteck. Die Zeit schien stehengeblieben zu sein.

Endlich hörten wir eine andere Stimme im Hof. »Chanah Leyson«, rief ein Mann, »ich bin von Mosche Leyson geschickt worden.« Verblüfft fuhren wir aus unserem halb bewusstlosen Zustand hoch. Ich suchte die Augen meiner Mutter. Sie war unsicher, was sie tun sollte. »Ist Chanah Leyson hier?«, fragte der Mann noch einmal. »Ich habe in der Fabrik mit Ihrem Mann Mosche gearbeitet.« Beruhigt, den Namen meines Vaters ein zweites Mal zu hören, nickte meine Mutter mir zu, und endlich, nach fast zwei ganzen Tagen, verließen wir unser Versteck. Schmerz schoss durch meine Beine, als ich auf dem Boden landete. Ich packte die Kanne und trank gierig ein paar Schlucke Wasser, bevor ich sie an Jossel und Samuel weitergab. Steif und mit schmerzenden Gliedern hatten wir unsere Zufluchtsstätte verlassen, erschöpft und dankbar, noch am Leben zu sein.

Mit einer heiseren, schwachen Stimme rief meine Mutter den Mann. »Hier«, rief sie, »ich bin Chanah Leyson.« Sie und der Mann sprachen ruhig miteinander, während meine Freunde und ich uns unruhig auf dem Hof umschauten. Waren wir wirklich sicher? Waren wir die Einzigen, die noch am Leben waren?

Wortlos rannten Jossel und Samuel ins Haus, um ihre Mutter zu suchen. Ihre Wohnung war leer, ihre Mutter war nirgends zu entdecken. Sie war bei der Razzia geschnappt worden. Jossel und Samuel waren jetzt auf sich gestellt. Sie waren nicht die einzigen Jugendlichen, die im Ghetto für sich selbst sorgen mussten. Natürlich halfen die Erwachsenen auf alle möglichen Arten, doch grundsätzlich wussten die Jungen, dass ihre größte Chance auf ein Überleben darin bestand, so wenig Aufmerksamkeit wie möglich auf sich zu ziehen.

Am späten Abend kamen mein Vater, David und Pesza nach Hause, mit ein paar Stückchen Brot in den Taschen.

Ich wollte mich auf das Essen stürzen, noch bevor ich sie umarmte, aber ich zwang mich dazu, zu warten, damit wir unsere magere Ration teilen konnten. Mein Vater informierte uns über das, was geschehen war. Er, David und Pesza hatten die Aufforderung bekommen, sich sofort im Arbeitslager von Płaszów zu melden, etwa vier Kilometer vom Ghetto entfernt. Zum ersten Mal, seit unsere Familie vor ungefähr achtzehn Monaten gezwungen worden war, ins Ghetto zu ziehen, sollten wir fünf voneinander getrennt werden.

Als das Ghetto immer leerer wurde, begannen die Offiziellen, die Zurückgebliebenen neu zu organisieren. Im Dezember sollten meine Mutter und ich vom Ghetto B, in dem wir gelebt hatten, ins Ghetto A ziehen, dem Teil, der nun für die Arbeiter bestimmt war. Ein Stacheldrahtzaun wurde gespannt, um die beiden Ghettoteile zu trennen. Dann begann der Umzug. Uns wurde befohlen, nur das mitzunehmen, was wir tragen konnten, und uns eine Unterkunft in Ghetto A zu suchen.

Ohne zu zögern, packte ich das kostbare Geschenk ein, das Herr Luftig mir gegeben hatte, seine Thermosflasche. Außerdem nahm ich eine Jacke und ein Betttuch. Es brach mir das Herz, Herrn Luftigs kostbare Pfeifen zurückzulassen. Bevor wir die Wohnung verließen, half ich meiner Mutter, die Möbelstücke, die wir nicht verheizt hatten, auf den Balkon zu schleppen und über das Geländer zu heben.

Der Schrank, der Tisch und die Stühle zersplitterten auf dem gepflasterten Hof. Meine Mutter hatte entschieden, dem Feind, soweit es ihr möglich war, nichts irgendwie Wertvolles oder Nützliches zurückzulassen. Wieder war ich beeindruckt von der Klugheit und dem Mut meiner Mutter. Es war ein gutes Gefühl, etwas gegen die Deutschen zu unternehmen, auch wenn wir nicht mehr tun konnten, als das zu zerstören, was uns gehörte.

Meine Mutter wartete bis zur letzten Minute, um in das Ghetto A umzuziehen, und auch dann rannte sie noch ein letztes Mal in die Wohnung zurück, um einen Kochtopf zu holen, den sie in ein Laken wickelte. Ich konnte es kaum fassen, dass sie ein solches Risiko wegen eines einfachen Topfs auf sich nahm, aber es hatte ihr offenbar die Möglichkeit gegeben, noch einmal ihre Küche und das zu betrachten, was unser Zuhause gewesen war.

Anfangs fanden wir keinen Platz im Ghetto A. Eine Tür nach der anderen war schon vor unserer Ankunft zugegangen. Jede Wohnung war so voll wie möglich. Schließlich fanden wir zwei Plätze in einer Mansarde. Wir quetschten uns mit anderen umquartierten Arbeitern aus Ghetto B zusammen und schliefen in einer Reihe auf dem Fußboden. Meine Mutter und ich teilten uns eine einzige Decke. Im Vergleich zu der jetzigen Situation kam uns das Zusammenleben mit den Luftigs geradezu herrschaftlich vor.

Trotz dieser schrecklichen Bedingungen waren meine

Mutter und ich entschlossen, alles auszuhalten. Wir mussten weiter füreinander sorgen. Jeden Morgen ging meine Mutter zu ihrer Putzarbeit und ich zur Bürstenfabrik. Wenn wir uns voneinander verabschiedeten, fragte ich mich immer, ob es vielleicht zum letzten Mal war. Und jedes Mal, wenn ich von der Arbeit zurückkam und sie auf mich wartete, wusste ich, dass es noch Hoffnung gab. Jeden Abend beteten wir, dass mein Vater, David und Pesza in Sicherheit waren, ebenso wie Herschel und unsere große Verwandtschaft in Narewka, und dass Tsalig es irgendwie geschafft hatte, zu fliehen und ein Versteck zu finden.

Dann, im März 1943, liquidierten die Nazis das ganze Ghetto. Alle Übriggebliebenen sollten, so ging das Gerücht, nach Płaszów verbracht werden. Ehrlich gesagt, ich war froh, wegzukommen, denn ich nahm an, dass wir fünf dann wieder zusammen wären. Ich wusste nichts von Płaszów. Ich hegte die naive Vorstellung, sicher zu sein, weil ich eine Arbeit hatte. An dem Tag, als wir weggebracht werden sollten, befahlen die Deutschen, wir sollten uns in Gruppen aufstellen, entsprechend unserer Arbeitsbestimmungen. Meine Mutter stand bei den Putzfrauen, ich stand bei der Gruppe der Arbeiter in der Bürstenfabrik. Ich sah meine Mutter durch das Tor gehen. Als ich dran war, holte mich ein Wachmann aus der Reihe. Offenbar dachte er, ich sei zu jung und zu schwächlich, um nützlich zu sein. »Du gehst später«, sagte er und schickte mich zu einer Gruppe mit anderen Kindern, die sich, etwas abseits der anderen, versammelt hatten. Meine Arbeitserlaubnis war nichts wert.

Dort in der Gruppe fand ich meine Freunde Jossel und Samuel wieder. Im Chaos unseres Umzugs nach Ghetto A hatte ich den Kontakt zu ihnen verloren. Sie hatten es geschafft, allein zu überleben, ohne ihre Eltern, doch nun waren wir alle in der Unsicherheit gefangen. Jossel und Samuel flüsterten mir zu: »Wir wollen uns verstecken, wie wir es schon einmal gemacht haben. Du solltest mit uns kommen.«

Ich überlegte, ob ich mit ihnen wieder in unser altes, enges Versteck gehen sollte, aber irgendetwas hielt mich davon ab. Ich weiß nicht, was mich antrieb, aber ich war mir ganz sicher, dass ich mit meiner Mutter zusammenbleiben musste. Sie war meine Stärke, so wie ich ihre war. Deshalb sagte ich zu Jossi und Samuel: »Ich werde etwas anderes probieren.«

Ich entdeckte eine weitere Gruppe von Arbeitern und versuchte, mich unter sie zu mischen. Wieder wurden wir zum Tor geführt. Und wieder wurde ich von einem Wachmann aus der Gruppe geholt. Obwohl ich wusste, was ich riskierte, trieb ich mich so dicht wie möglich am Tor herum und wartete auf einen günstigen Moment, um hindurch zu schlüpfen. Schließlich wurde der Wachmann weggerufen. Ich sah meine Chance und schloss mich einer anderen Gruppe an. Mit einem Kloß im Hals bewegte ich mich vorwärts, immer näher zum Ausgang, und hoffte verzweifelt, der Wachmann würde nicht zurückkommen. Ich erreichte das Tor, zwei Offiziere winkten mich durch und ich befand mich nun unter denen, die auf dem Weg nach Płaszów waren. Mein Herz klopfte wie verrückt. Das Einzige, was ich wollte, war, meine Familie wieder zu sehen. Wie, war mir egal.

Als ich das Ghetto verließ und an den mit Grabsteinen gekrönten Mauern die Straße nach Płaszów entlangging, stellte ich verblüfft fest, dass das Leben noch genauso zu sein schien, wie es war, bevor ich das Ghetto betreten hatte. Es war, als hätte sich die Zeit verschoben ... oder als wäre das Ghetto ein anderer Planet. Ich starrte die sauberen, gutgekleideten Menschen an, die von einem Ort zum anderen eilten. Hatten sie nicht gewusst, was wir, nur ein paar Blocks von ihnen entfernt, gelitten hatten? Wie konnten sie es *nicht* gewusst haben? Wie war es möglich, dass sie nichts unternommen hatten, um uns zu helfen? Eine Straßenbahn hielt an, Fahrgäste stiegen ein, ungeachtet unserer Anwesenheit. Sie zeigten überhaupt kein Interesse daran, wer wir waren, wohin wir gingen, oder warum. Dass unser Elend, unsere Gefangenschaft und unsere Schmerzen keine Rolle für sie spielten, konnte ich einfach nicht verstehen.

Als wir uns später dem Lager Płaszów näherten, war ich noch immer voller Freude darüber, dass es mir gelungen war, das Ghetto zu verlassen. Es war mir nur wichtig, wieder mit meiner Familie zusammen zu sein. Doch als wir Płaszów betraten, sah ich eine Welt vor mir, die weit schlimmer war, als ich es mir je hätte vorstellen können. Schlimmer, als ich es überhaupt für möglich gehalten hätte. Wer durch diese Tore ging, hatte das Gefühl, den innersten Kreis der Hölle zu betreten.

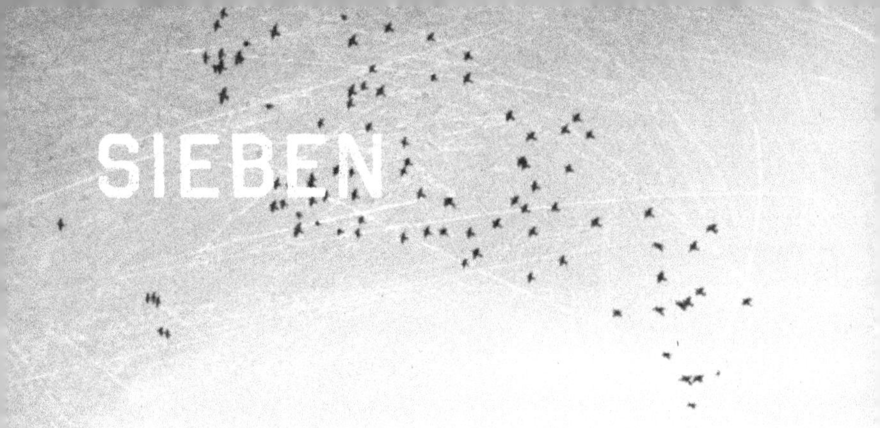

SIEBEN

Mein erster Eindruck von Płaszów als Hölle auf Erden änderte sich nie. Ich brauchte nur einen Blick, um zu erkennen, dass es ein völlig anderer, fremdartiger Ort war. Egal wie schwer das Leben im Ghetto gewesen war, zumindest nach außen hin war es irgendwie vertraut gewesen. Ja, wir waren wie Sardinen auf zu engem Raum zusammengesperrt worden, zu viele Menschen auf zu wenig Zimmern, aber diese Zimmer waren in normalen Wohnhäusern gewesen. Es gab Häuser, Straßen und Bürgersteige, und hinter den Mauern hörte man die Geräusche einer Stadt.

Płaszów war eine andere Welt. Es war auf zwei jüdischen Friedhöfen errichtet worden, die von den Nazis geschändet und zerstört worden waren. Es war kahl, trostlos und chaotisch. Felsen, Schmutz, Stacheldraht, wilde Hunde, grausame Wachleute. Und dazu graubraune Baracken, soweit ich sehen konnte. Hunderte von Gefangenen in schäbiger Kleidung eilten von einem Arbeitsplatz zum nächsten, bedroht von bewaffneten deutschen und ukrainischen

Wachleuten. In dem Moment, als ich Płaszów betrat, war ich überzeugt, es nie wieder lebend zu verlassen.

Sofort wurde unsere Gruppe nach Geschlechtern getrennt. Mit schweren Schritten ging ich auf die angewiesenen Baracken auf der Männerseite zu. Die Hoffnung, meine Familie bald wiederzusehen, schwand, als ich hörte, dass ich auf unbestimmte Zeit hierbleiben sollte. Ich hatte keine Ahnung, wo mein Vater und David sein könnten. Mit meinem ganzen Besitz, meiner kostbaren Thermosflasche, Herrn Luftigs Erbschaft, und meiner Decke, kroch ich auf eine schmale Holzpritsche und streckte mich aus. Hungrig und ohne die Aussicht, etwas zu essen zu bekommen, sank ich in einem Raum voller fremder Menschen in einen barmherzigen Schlaf des Vergessens.

Doch schon allzu bald blitzte Licht auf. Obwohl es draußen noch pechschwarz war, schlugen Wachmänner mit ihren Stöcken an unsere Pritschen und schrien: »Aufstehen! Aufstehen!«

Es war Zeit, sich zur Arbeitsverteilung zu versammeln. Noch halb schlafend kroch ich von der Pritsche und schloss mich meiner Gruppe an, vorbei an langen Reihen anderer Gefangener aus anderen Baracken. Stundenlang standen wir in Kälte und Dunkelheit, wir wurden gezählt, wieder gezählt, physisch und psychisch gequält, noch einmal gezählt und schließlich zur Arbeit getrieben. Die Arbeit war erniedrigend und gefährlich. An den meisten Tagen schleppte ich Holz, Steine und Erde, um weitere Baracken zu bauen. Am Ende des Tages bekamen wir eine klägliche Portion Wassersuppe. Danach kehrte ich zu meiner Pritsche zurück, um ein paar Stunden unruhig zu schlafen, bevor das Martyrium am nächsten Morgen erneut begann.

Der Raum, in dem wir schliefen, war so überfüllt, dass ich meinen Platz zu verlieren drohte, wenn ich zur Latrine ging. Den Rückweg musste ich mir mit Hilfe der Ellenbogen bahnen. Eines Nachts, als ich zu meiner Pritsche zurückstolperte, musste ich feststellen, dass meine Decke verschwunden war. Ich hatte sie dummerweise auf der Pritsche gelassen, und ein anderer Gefangener, vielleicht verzweifelter als ich, hatte sie genommen. Mir blieb nichts anderes übrig, als mir die Arme um den Körper zu schlingen und an die Umarmungen meiner Mutter zu denken, um wieder einschlafen zu können.

Dann geschah ein Wunder. Ein Mann, der auf mich aufmerksam geworden war, sagte mir, wo Schindlers Juden eingeteilt waren. Ich beschloss, so lange zu suchen, bis ich meinen Vater und David gefunden hatte. Das war keine leichte Entscheidung. Ich musste jede Sekunde wachsam sein. Wenn man mich erwischte, könnte es sein, dass ich auf der Stelle umgebracht würde. Aber die Sehnsucht nach meinem Vater und meinem Bruder war übergroß. Schwach und müde, wie ich war, stahl ich mich davon, fest entschlossen, meinen Vater und meinen Bruder zu finden. Endlich, als ich schon völlig erschöpft war und dachte, ich müsste die Suche aufgeben, öffnete ich eine weitere Tür.

Da waren sie.

Ich hatte meinen Vater und meinen Bruder nie für besonders schön gehalten, doch in diesem Moment waren sie für mich die allerschönsten Menschen, die ich je gesehen hatte.

Als sie mich erkannten, waren sie ebenso aufgeregt wie ich. Sie konnten kaum glauben, dass ich es geschafft hatte, aus dem Ghetto herauszukommen. »Wir haben gedacht, du wärst deportiert worden«, sagte David. Ich sah den Schmerz und die Hilflosigkeit in den Augen meines Vaters, als er erkannte, wie schwach und ausgemergelt ich inzwischen war. Wir sprachen einige Minuten flüsternd miteinander, und als ich ging, versprach mein Vater, er würde Schindler bitten, mich anzustellen. Inzwischen, sagte er warnend, sollte ich an dem Ort bleiben, der mir zugeteilt war, und jede Aufmerksamkeit vermeiden.

Etwa eine Woche später hatte ich genug über die Aufteilung des Lagers erfahren, um zu erraten, wo meine Mutter war. Płaszów wurde immer chaotischer, je mehr gebaut wurde, und täglich kamen weitere Gefangene an. Eines Nachmittags nutzte ich das Chaos und schlüpfte in den Frauenbereich, um meine Mutter zu suchen. Ich war so klein und dünn, und meine Haare waren so lang, dass ich als Mädchen durchgehen konnte. Wenn man mich entdeckte, das wusste ich, würde ich grausam bestraft werden. Doch das war es wert, wenn ich meine Mutter fand. Ich gebe zu, dass es an jenem Tag pures Glück war. Ohne großes Suchen entdeckte ich ihre Baracke. Sie lag auf ihrer Pritsche. Als sie mich sah, traute sie ihren Augen nicht. Zu meiner Enttäuschung war sie eher bedrückt als glücklich.

»Wie bist du hier hergekommen?«, fragte sie. Bevor ich antworten und ihr sagen konnte, dass ich meinen Vater und meinen Bruder gefunden hatte, sagte sie: »Du kannst nicht hier bleiben, du musst gehen.« Sie konnte die Tränen nicht zurückhalten, als sie diese Worte sagte, um mich fortzuschicken. Im letzten Moment fasste sie unter den Haufen Lumpen auf ihrer Pritsche und zog ein walnussgroßes Stück trockenes Brot hervor. Das war alles, was meine Mutter mir geben, das Beste, was sie tun konnte. Ich bin sicher, es war das einzig Essbare, was sie hatte. Sie umarmte mich ein paar kostbare Sekunden lang, drückte mir das Brot in die Hand und schob mich aus der Tür. Es brach mir das Herz, sie zu verlassen, und ihr brach es das Herz, mich wegzuschicken.

Hätte ich in diesem Moment gewusst, dass ich sie in jenem Jahr nicht wiedersehen würde, wäre ich vermutlich nicht weggegangen. Doch wäre ich geblieben, hätten wir beide und vielleicht auch andere in ihrer Baracke das mit dem Leben bezahlt.

Es war schrecklich, allein zu sein, ohne meine Eltern, und nicht zu wissen, wo Tsalig und Herschel waren und ob sie überhaupt noch lebten. Besonders nachts versuchte ich, mich an ihre Gesichter zu erinnern. Ich sagte mir, dass sie genau dann, wenn ich an sie dachte, an mich dachten. In Gedanken und im Herzen waren wir zusammen. Doch diese Überlegungen reichten nicht aus, um mich zu beruhigen. Ich konnte mich nur an die Hoffnung klammern, dass mein Vater einen Weg finden würde, mich zu sich zu holen. Inzwischen tat ich, was man mir sagte. An manchen Tagen musste ich Steine schleppen, dann wieder zerstieß ich Steine zu Kiesel oder ich buddelte Grabsteine aus, die die Nazis zum Pflastern der Straßen benutzten. Es war eine erschöpfende, schwere Arbeit, und jeder falsche Schritt konnte den Tod bedeuten.

Eines Tages, als ich einen großen Stein schleppte, stolperte ich über einen zerbrochenen Grabstein und verletzte mir das Bein so schwer, dass ich zum Krankenrevier des Lagers gehen musste, um mich verbinden zu lassen. Später erfuhr ich, dass der Kommandant von Płaszów, SS-Hauptsturmführer Amon Göth, kurz nachdem ich das Krankenrevier verlassen hatte, gekommen war und alle Patienten erschossen hatte. Jeden einzelnen von ihnen, aus keinem anderen Grund, als dass er Lust dazu hatte. Wäre ich ein paar Minuten länger geblieben, wäre ich mit den anderen erschossen worden. Als ich hörte, was passiert war, nahm ich mir fest vor, unter keinen Umständen noch einmal zum Krankenrevier zu gehen.

Das Krankenrevier zu vermeiden, hieß aber nicht, dem Netz der Grausamkeiten zu entkommen, das Amon Göth über das Lager warf. Wenn meine Arbeitskolonne an Männern anderer Gruppen vorbeiging, hörte ich immer wieder, wie flüsternd Informationen ausgetauscht wurden, Informationen darüber, wie viele Opfer Göth und seine Helfershelfer gefordert hatten, so als ginge es um Fußballergebnisse.

»Wie viele sind es heute?«, fragte zum Beispiel einer. Und die Antwort war: »Juden zwölf, Nazis null.«

Die Nazis waren immer bei null.

Zu Beginn des Winters 1943 fing Göth noch schlimmer an zu wüten. Man hatte mir befohlen, mit einer Gruppe Männer Schnee zu schaufeln. Ich war fast erfroren, weil ich keine warme Kleidung hatte, und konnte die Schaufel kaum noch halten. Plötzlich tauchte Hauptsturmführer Göth auf und verlangte, die Wachmänner sollten jedem von uns fünfundzwanzig Hiebe mit der Lederpeitsche versetzen. Keiner von uns wusste, was der Grund dafür war, aber das spielte auch keine Rolle. Als Kommandant konnte Göth tun, was er wollte, mit oder ohne Grund. Er schien aufzublühen, wenn er hilflose Menschen quälen konnte. Er beobachtete die Szene eine Weile, dann entschied er, das Auspeitschen würde zu langsam vor sich gehen. Deshalb mussten die Wachmänner Tische in eine Reihe stellen, über die wir uns, immer vier auf einmal, legen mussten. Neben drei anderen Häftlingen, die doppelt so alt waren wie ich, stand ich da und erwartete meine Strafe. An den einzelnen Schnurenden der Peitschen waren kleine Kugeln befestigt, die den Schmerz und die Qual noch verstärkten. Man befahl uns, die Hiebe, die uns trafen, laut zu zählen. Wenn wir vor Schmerz eine Zahl vergaßen, fingen die Wachmänner wieder bei eins an.

Ich lehnte mich über den Tisch und erwartete den ersten Schlag. Als er kam, hatte ich das Gefühl, jemand zerschneide meinen Körper mit einem Messer. »Eins«, schrie ich, als die Peitsche knallte. Meine instinktive Reaktion war, mir die Hände vor mein Hinterteil zu halten, bevor der nächste Schlag kam, deshalb landete die Peitsche auf ihnen. »Zwei«, stieß ich aus. »Drei, vier.« Obwohl ich taub vor Kälte war, schoss jedes Mal der Schmerz durch mich, als würde ich von einem glühenden Schürhaken getroffen.

»Zwölf, dreizehn, vierzehn.« Hörte diese Qual denn nie auf? Ich wusste, dass ich durchhalten musste und nicht aufgeben durfte, sonst würde alles von vorn anfangen. Nach fünfundzwanzig Schlägen torkelte ich davon, halb besinnungslos vor Schmerzen. Irgendwie schaffte ich es, mit den anderen zu unserer Arbeitsstelle zurückzustolpern. Meine Beine und mein Hinterteil pochten. Mein Rücken und meine Beine blieben noch monatelang schwarz und blau, und sitzen war eine Tortur.

Getrieben von Schmerz und Verzweiflung, riskierte ich zusätzliche Schläge oder Schlimmeres, indem ich mich am Abend zur Baracke meines Vaters schlich. Ich musste ihn unbedingt sehen und ihm erzählen, was geschehen war. Bevor ich ein Wort herausbekam, fing ich an zu weinen. Trotz meiner Bemühungen, mich aufrecht zu halten, brach ich zusammen, ich war ja noch keine fünfzehn Jahre alt. Ich hätte so dringend seinen Trost gebraucht, aber er bot mir keinen an. Er zeigte keinerlei Mitleid, als ich ankam, auch nicht, als ich endlich herausbrachte, was passiert war. Stattdessen blieb er still, sein Gesicht wurde starr, und er presste die Kiefer zusammen. Vielleicht war er erleichtert, dass ich Göths Brutalität überlebt hatte, egal wie schlimm es für mich gewesen sein mochte. Vielleicht waren sein Zorn und seine Trauer so groß, dass er fürchtete, zusammenzubrechen, wenn er versuchen würde, mich zu trösten. Doch was er auch empfand, er sagte kein Wort. Vollkommen verloren und im Stich gelassen, kehrte ich in meine Baracke zurück. Als ich auf meiner Pritsche lag, hörte ich die heutigen Zahlen: Juden zwanzig, Nazis null. Mutlos zupfte ich ein paar Läuse von meinem Pullover, gab es aber auf, alle zu erwischen. Es war mir egal. Die Läuse krabbelten durch meine Haare und meine Kleidung, als ich endlich einschlief.

Die schrecklichen Tage wurden allmählich zur Routine. Noch vor dem Morgengrauen wurden wir von knallenden Türen und lauten Befehlen geweckt. Wir versammelten uns entsprechend unseren Barackennummern, wir wurden gezählt und noch einmal gezählt, während ungeduldige, brutale Wachmänner uns schikanierten. Dann wurden wir in Arbeitskolonnen aufgeteilt. Manchmal verließen wir das Lager, um Eis zu hacken, dann wieder zum Schneeschaufeln oder für Straßenarbeiten. Bis zum Ende der Tagesarbeit bekamen wir nichts zu essen. Dann wurde ein großer Topf gebracht, während wir schnell unsere Löffel und Essgeschirre hervorholten. Diese Mahlzeiten waren immer gleich: heißes Wasser mit ein bisschen Salz oder Pfeffer, und wenn wir Glück hatten, ein paar Kartoffelschalen und Stückchen von anderem Gemüse. Die Männer, die die Suppe verteilten, waren ebenfalls Gefangene, und manchmal hatte einer von ihnen Mitleid und fischte von ganz unten am Topfboden ein richtiges Stück Kartoffel in meinen Napf. Das machte den Tag zu etwas Besonderem. Nach dem Essen legten wir uns auf unsere Pritschen und versuchten, Kraft für den nächsten Tag zu schöpfen.

Durch den Stacheldrahtzaun rund um das Lager konnte ich hinausschauen, und manchmal sah ich die Kinder der deutschen Offiziere in ihrer Hitlerjugenduniform herumstolzieren, während sie laut Loblieder auf ihren Führer Adolf Hitler sangen. Sie waren so überschwänglich, so voller Leben, während ich, nur einige Meter von ihnen entfernt, erschöpft und gequält darum kämpfte, einen weiteren Tag zu überleben. Nur der Stacheldrahtzaun trennte mein Leben in der Hölle von ihrem Leben in Freiheit, aber wir hätten genauso gut auf verschiedenen Planeten leben können. Diese Ungerechtigkeit verstand ich nicht.

Je mehr sich die Monate hinzogen, umso verzweifelter wurde ich. Ich wagte nicht, meinen Vater oder meine Mutter noch einmal zu besuchen. Nicht weil ich um mich selbst Angst hatte, sondern weil ich die Strafen fürchtete, die sie treffen würden, wenn man mich in ihrer Baracke fände. Mein erster Gedanke, als ich Płaszów zum ersten Mal sah, dass ich diesen Ort nicht lebendig verlassen würde, wurde jeden Tag stärker. Irgendwann, dachte ich, werde ich kein Glück mehr haben und entweder von Göth oder einem seiner Komplizen getötet werden. Ich würde zu einer Nummer im täglichen Rechenschaftsbericht werden. Göth war ein kräftiger Mann mit einem arroganten Grinsen und einem großspurigen Gang. Seine kalten Augen erfüllten meine Albträume. Sogar wenn er nicht in der Nähe war, spürte ich seinen Blick.

Tagsüber sah ich manchmal von weitem meinen Bruder oder meinen Vater, wenn sie von einer Arbeit zur nächsten eilten, und diese kurzen Anblicke schenkten mir eine Spur Hoffnung. Eine Hoffnung, die jedoch allzu bald wieder verschwand.

Obwohl Schindler mich nicht angestellt hatte, hatte ich doch ein wenig Glück. Die Bürstenfabrik, in der ich im Ghetto gearbeitet hatte, wurde nach Płaszów verlegt, und ich wurde zur zwölfstündigen Nachtschicht eingeteilt. Ich war erleichtert, dass ich eine feste Arbeit hatte und einen offiziellen Platz, zu dem ich gehen musste. Keine Arbeit zu haben oder auf eine Arbeitseinteilung zu warten, brachte nur Schwierigkeiten.

Die Arbeit in der Bürstenfabrik bedeutete auch, dass ich in der Werkstatt sein konnte, wo es wärmer war, statt im Freien Eis zu hacken oder Schnee zu schaufeln. Doch auch die Bürstenfabrik hatte ihre Schrecken. Einmal riss mich ein Wachmann aus der Arbeit. Ich war dazu befördert worden, die beiden hölzernen Hälften einer Bürste zu kleben und mit Zwecken zusammenzuheften. Es war eine akribische und anspruchsvolle Arbeit, aber ich hatte den Dreh heraus. Der Wachmann beobachtete mich bei der Arbeit und deutete mit dem Gewehr auf meinen Kopf. »Wenn die nächste Zwecke krumm wird, erschieße ich dich«, sagte er. Ich machte keine Pause und schaute auch nicht auf, ich arbeitete weiter und befestigte die beiden Hälften mit der Zwecke. Vorsichtig schob ich ihm das fertige Produkt zur Begutachtung hin. Die Zwecke war gerade. Er ging davon, und ich fuhr mit der Arbeit fort, als wäre nichts passiert. Irgendwie schaffte ich es, meine Gefühle zu kontrollieren.

Ein paar Nächte später stapfte Amon Göth, begleitet von einigen seiner Handlanger und seinen beiden Doggen Ralf und Rolf herein. Gelangweilt oder vielleicht auch betrunken zog er die Pistole aus dem Halfter und erschoss unseren Vorarbeiter – er erschoss ihn einfach so, ohne jeden Grund. Als der Vorarbeiter zu Boden stürzte und sich eine Blutlache unter seinem Kopf bildete, wandte sich Göth an uns.

Er schwenkte die Waffe und schrie seinen Männern Befehle zu, woraufhin diese uns in zwei Gruppen aufteilten. Irgendwie war mir klar, dass diese Aufteilung nichts Gutes verhieß. Natürlich befand ich mich wieder einmal auf der falschen Seite, bei einer Gruppe von Kindern und älteren Männern. Mit anderen Worten, ich gehörte zu der Gruppe, auf die man verzichten konnte. Göth und seine Männer debattierten etwas, doch ich konnte nicht verstehen, um was es ging. Als sie mir den Rücken zudrehten, hielt ich die Luft an und schlich zu der anderen Gruppe, der mit den kräftigen Arbeitern. Hätte Göth mich gesehen, hätte er mich bestimmt erschossen oder mich auf noch schlimmere Art getötet. Doch plötzlich spielte es keine Rolle mehr, zu welcher Gruppe ich gehörte, denn Göth verlor sein Interesse. Er steckte die Waffe wieder ein und verschwand so unvermittelt, wie er aufgetaucht war, begleitet von seinen beiden Hunden. Wir standen noch eine halbe Stunde da, zu erschrocken, um uns zu rühren. Endlich sagte einer der Wachmänner, wir sollten zu unseren

Baracken gehen. Als wir dort ankamen, brachen viele der Männer weinend zusammen. Sie wussten, wie nah wir dem Tod gewesen waren. Diesmal weinte ich nicht. Ich war inzwischen abgestumpft gegenüber dem, was mir passieren würde, egal welches Schicksal mich erwartete.

Gegen Ende 1943 schwatzte Schindler Göth und anderen führenden SS-Männern die Genehmigung ab, ein Nebenlager auf dem Gelände, das an die Emalia grenzte, zu gründen. Er argumentierte, es wäre weit effizienter, wenn die Arbeiter nur wenige Schritte von der Fabrik untergebracht wären, statt kostbare Zeit für den vier Kilometer langen Fußweg zwischen der Emalia und dem Lager zu vergeuden. Die Stunden, die beim Aufbau der Kolonnen und dem Hin- und Rückweg zwischen der Fabrik und Płaszów verlorengingen, könnten besser dazu verwendet werden, Profit zu erwirtschaften. Das Schindler-Nebenlager wurde gebaut, und im Frühjahr 1944 zogen mein Vater und David dorthin um. Ich erfuhr durch das Lagernetzwerk, dass Pesza ebenfalls für ein solches Nebenlager bestimmt worden war. Wieder waren meine Mutter und ich allein, so wie wir es im Ghetto gewesen waren, doch diesmal war es schlimmer. Teils weil ich von ihr getrennt war, teils weil dieser Ort so schrecklich und gefährlich war. Ich versank immer tiefer in Verzweiflung.

Als im Lager das Gerücht aufkam, Schindler plane, weitere dreißig Juden in seine Arbeitskolonne aufzunehmen, dachte ich mir nichts dabei. Doch ein paar Tage später hörte ich, dass es eine Liste gab, auf der mein Name stand, ebenso der meiner Mutter. Ich konnte es kaum glauben. Es kam mir einfach zu gut vor, um wahr zu sein. Nach einem Jahr sollte es meinem Vater also gelungen sein, uns in Schindlers Fabrik unterzubringen?

Ich zählte die Tage bis zu unserem Umzug. Nun, da ich endlich eine Chance sah, dem Inferno von Płaszów zu entkommen, fühlte ich mich psychisch gestärkt, wenn auch nicht körperlich. Glücklicherweise schaffte es mein Geist, meinen Körper in Bewegung zu halten. Am Tag vor unserem geplanten Umzug traf mich jedoch ein Tiefschlag. Mein Aufpasser in der Bürstenfabrik sagte mir, mein Name sei von der Transferliste gestrichen worden und ich müsse an meinem Arbeitsplatz in Płaszów bleiben. Mein Erschrecken lässt sich nicht beschreiben. Nachdem man mir einen Hoffnungsschimmer gezeigt hatte, war der Verlust jetzt umso schlimmer. Ich wusste, ich würde den nächsten Monat in Płaszów nicht überleben, geschweige denn das nächste Jahr. Ich war am Verhungern. Ich lebte in ständiger Angst. Ich duckte mich bei jedem Geräusch, bei jeder Bewegung. Was konnte ich tun? Wie konnte ich weitermachen?

Am Tag, an dem die neuen »Schindler-Juden« umziehen sollten, schlich ich mich von meiner Arbeit in der Bürstenfabrik weg, um meine Mutter noch einmal zu sehen. Es war ein Wunder, dass mich niemand aufhielt, als ich durch das Lager zu dem Tor ging, vor dem sich diejenigen versammelt hatten, die zum Nebenlager gehen sollten. Ich schlich mich noch näher heran und sagte mir, ich müsse es tun und ich dürfe diese letzte Möglichkeit nicht verstreichen lassen. Ich hatte keine Zukunft in Płaszów. Ebenso gut konnte ich bei dem Versuch sterben, bei meiner Mutter zu sein. Die letzten Schritte führten mich vor den deutschen Offizier, der für den Transfer verantwortlich war. Meine Augen waren in Höhe seines schweren, mit dem Hakenkreuz geschmückten Gürtels. Ich bin sicher, dieser Mann gehörte zu jenen, die durch das Lager streiften und Menschen erschossen, entweder auf Göths Befehl oder zu seinem eigenen perversen Vergnügen. Ich schluckte und sprach ihn auf Deutsch an. »Ich bin auf der Liste«, sagte ich, »aber jemand hat meinen Namen weggestrichen.«

Der Mann antwortete nicht.

In einem Versuch, mein Anliegen zu betonen, sagte ich: »Meine Mutter ist auf der Liste.«

Was mir den Mut gab, zu ihm zu sprechen, als wäre er jemand, mit dem man vernünftig argumentieren könne, werde ich nie verstehen.

Als wäre das nicht genug, fügte ich hinzu: »Mein Vater und mein Bruder sind schon dort.«

Ich hätte mein Leben in keine größere Gefahr bringen können.

Ich wartete. Quälende Sekunden folgten, während der Offizier zu überlegen schien, was er mit mir machen solle. Ich hatte Glück, dass er überhaupt nachdachte und nicht einfach seine Waffe zog und mich erschoss, um in einer Sekunde das Problem zu lösen, vor das ihn dieser kleine jüdische Junge stellte. Er bedeutete seinem Helfer, ihm die Liste zu bringen. Ich zeigte auf meinen durchgestrichenen Namen. »Das bin ich«, sagte ich.

Der Offizier schaute auf mich herunter, knurrte und gab mir ein Zeichen, mich der Gruppe der Arbeiter anzuschließen, die für Schindlers Nebenlager bestimmt waren.

Aus irgendeinem geheimnisvollen Grund hatte er reagiert, als sähe er einen normalen Menschen vor sich, einen, der eine vernünftige Forderung vorgebracht hatte. Tat ich ihm leid, ein Junge, der von seiner Familie getrennt wurde? Sah er eines seiner eigenen Kinder in mir? War er einfach ein Bürokrat, dem es nicht gefiel, dass ein Name ohne seine offizielle Genehmigung gestrichen worden war? Das kann man nicht wissen. Menschen wie er konnten tun, was sie wollten. Sie konnten Gnade zeigen oder das Gegenteil.

Meine Knie wurden weich, als ich schnell zu der Gruppe lief und meine Mutter fand. Sie hatte weit vorn gestanden und geradeaus geschaut, wie man es ihr befohlen hatte, und überhaupt nicht mitbekommen, was hinter der Kolonne die Verzögerung verursacht hatte. Sie konnte sich vor Freude kaum beherrschen, als ich mich still neben sie stellte und meine Hand in ihre schob. Irgendwie schafften wir es, dazustehen, schweigend und kaum atmend, um keine Aufmerksamkeit zu erregen. Wir schienen eine Ewigkeit warten zu müssen, bis das Tor aufging. Endlich setzte sich unsere Gruppe in Bewegung, und ich wagte es, den Gedanken zuzulassen, dass meine Zeit in der Hölle vielleicht vorbei war.

ACHT

Wieder einmal lief ich ganz benommen durch Krakau, doch diesmal konnte ich mein Glück kaum fassen. War ich Płaszów *wirklich* entkommen? Ging ich *wirklich* neben meiner Mutter? Würde ich *wirklich* wieder mit meinem Vater und meinem Bruder vereint sein? All diese Fragen und ein Dutzend andere rasten durch meinen Kopf, als unsere Gruppe von dreißig Menschen an der Emalia-Fabrik ankam. Ich hielt den Kopf gesenkt, den Blick auf das Pflaster geheftet. Ich hatte Angst, Göth könnte, wenn wir am Emalia-Nebenlager ankamen, da sein und mich zurück nach Płaszów schicken. Ich redete mir ein, wenn ich niemanden anschaute, würde mich auch keiner bemerken. Ich wusste aus Erfahrung, dass Unsichtbarkeit die größte Sicherheit bot. Während meine Mutter und ich nebeneinander hergingen, stellte ich mir meine nichtjüdischen Freunde vor, die noch immer zur Schule gingen, noch immer das Straßenbahnspiel spielten, aber ich hob den Blick nicht, um schnell nach ihnen Ausschau zu halten.

Ich sah Schindlers Fabrik vor uns. Als wir näher kamen,

drückte ich vor Anspannung die Hand meiner Mutter fester. Was ich sah, war nicht das undefinierbare Gebäude, das ich gesehen hatte, als mein Vater dort arbeitete. Umgeben von einem Elektrozaun und mit imposanten Metalltoren sah Emalia jetzt düster aus. SS-Männer, ebenso erschreckend wie der Offizier, der mich zur Schindler-Gruppe hatte gehen lassen, standen Wache. Einen Moment lang fürchtete ich, mein Leben hier würde sich vielleicht nicht von dem in Płaszów unterscheiden.

Doch als wir das Eingangstor hinter uns gelassen hatten, hob sich meine Stimmung. Das Äußere der Fabrik war eine Fassade, um die Nazis zu beeindrucken. Innen war die Atmosphäre ganz anders. Wie in Płaszów waren Männer und Frauen in getrennten Baracken untergebracht, aber anders als dort durften wir uns hier besuchen. SS-Bewacher durften die Baracken ohne Schindlers Erlaubnis nicht betreten. Auch das Essen war ein bisschen besser – mittags ein Napf richtige Suppe, vielleicht mit ein bisschen Gemüse, und am Ende der Nachtschicht Brot mit Öl. Diese beiden Mahlzeiten reichten bei weitem nicht aus, um meinen Hunger zu stillen, aber es war mehr, als ich in Płaszów je bekommen hatte – mehr als ich in den letzten beiden Jahren bekommen hatte.

Bald nach unserer Ankunft tauchten David und mein Vater auf. Wir rannten aufeinander zu und umarmten uns. In diesem Moment sah ich in den Augen meines Vaters eine

Spur des alten Stolzes. Er hatte es geschafft, uns fünf wieder zusammenzubringen und uns am Leben zu erhalten, wenigstens vorläufig. »Du wirst mit mir und David arbeiten«, sagte er mit fester Stimme. Ich starrte meinen Bruder an, den ich in den letzten beiden Jahren nur ein paarmal von weitem gesehen hatte. Er war jetzt sechzehn und fast so groß wie mein Vater, aber seine Wangen waren hohl, und die Kleidung hing lose um seinen knochigen Körper. »Es wird dir gutgehen«, sagte David ermutigend.

Endlich konnten meine Mutter und mein Vater wieder direkt miteinander sprechen. Ihre Unterhaltungen waren kurz, aber beruhigend. Vater teilte mir seine beste Neuigkeit mit: Pesza war am Leben. Er hatte über einen Elektriker Nachrichten mit ihr austauschen können. Doch noch immer gab es nichts Neues von Herschel oder unseren Verwandten in Narewka. Auch von Tsalig wusste er nichts.

»Er könnte dort draußen sein«, sagte ich einmal zu meinem Vater, und meine Stimme erstarb, als mir die Unwahrscheinlichkeit dieser Annahme bewusstwurde. Mein Vater gab mir keine Antwort.

Ich durfte in derselben Baracke bleiben, in der mein Vater und mein Bruder waren. Isolation und Einsamkeit, die mich so schrecklich gequält hatten, waren vorbei. Wir drei teilten eine Pritsche, David und ich lagen mit dem Kopf nach oben, mein Vater unten. In der Fabrik wurde rund um die Uhr gearbeitet, tagsüber waren die meisten Arbeiter nichtjüdisch, Schindlers Juden übernahmen die Nachtschicht. Schindler hatte seine Fabrik erweitert, außer Töpfen und Pfannen stellte er nun auch Kriegsmaterial her. Mein Bruder und ich arbeiteten nachts an einer Maschine, die Gehäuse für die Zündkapseln an Bomben herstellte. Unsere Schicht dauerte zwölf Stunden, ohne Pause zum Essen. Oft musste ich bei der eintönigen Arbeit gegen den Schlaf ankämpfen. Wenn ich aussah, als würde ich eindösen, schüttelte David mich, und ich tat dasselbe bei ihm. Im Morgengrauen aß ich meine Brotration, kehrte zur Baracke zurück und fiel erschöpft auf meine Pritsche.

Bei diesen »Judenschichten«, wie die Nachtschichten bald genannt wurden, lernte ich Schindler persönlich kennen. Ich hatte viele Geschichten über wilde Partys gehört, die er in seinem Büro im zweiten Stock der Fabrik feierte. Partys, die bis spät in die Nacht dauerten. Nun, an meinem Arbeitsplatz, konnte ich das Lachen und die Musik hören. Nach seinen Festivitäten hatte Schindler noch genug Energie, eine Runde durch die Fabrik zu machen. Wenn er unseren Arbeitsbereich betrat, konnte ich seine Zigaretten und sein Kölnisch Wasser riechen, noch bevor ich ihn sah. Immer elegant gekleidet, schlenderte er durch den Raum, blieb da und dort stehen und hielt ein Schwätzchen mit einem Arbeiter. Er hatte eine ungewöhnliche Fähigkeit, sich Namen zu merken. Ich war mit der Tatsache aufgewachsen, dass ich für die Nazis einfach ein weiterer Jude war, mein Name spielte keine Rolle. Aber Schindler war anders. Er wollte genau wissen, wer man war. Er benahm sich, als würde er sich wirklich für jeden persönlich interessieren. Manchmal blieb er an Davids und meiner Maschine stehen und fing ein Gespräch an. Groß und kräftig, mit einer dröhnenden Stimme, fragte er mich, wie es mir ging, wie viele Stücke ich in dieser Nacht schon gemacht hatte. Er stand ganz ruhig da und wartete auf meine Antwort. Und wenn er mir in die Augen schaute, hatte er nicht den üblichen leeren Blick der Nazis, sondern er zeigte wirkliches Interesse und sogar eine Spur von Humor. Ich war so klein, dass ich auf einer umgedrehten Holzkiste stehen musste, um die Maschine überhaupt bedienen zu können. Schindler schien das Spaß zu machen.

Ich muss zugeben, dass seine Aufmerksamkeit mich anfangs erschreckte. Schließlich war er ein Nazi, und er war sehr mächtig. Wenn es darauf ankam, sagte ich mir, würde er zu seinen deutschen Kameraden halten. Das war zu erwarten. Zudem lag unser Leben in seinen Händen, er konnte uns jeden Moment fallenlassen.

Allmählich hatte ich weniger Angst vor ihm und freute mich sogar auf seine Besuche. Man wusste nie, wann er vorbeikommen würde, und das half mir, wach und konzentriert zu bleiben. Ich war stolz, wenn Schindler mit mir sprach, obwohl mein Stolz mit Angst gemischt war. Ich glaube, Schindler hatte mich ins Herz geschlossen.

Immer wieder führte er mich Besuchern vor und sagte, ich sei beispielhaft dafür, wie schwer seine Juden arbeiteten. Ich war schon oft genug mit knapper Not entkommen und wusste, dass es besser war, sich nicht auffällig zu benehmen und sich nicht zur Zielscheibe zu machen. Deshalb war es mir immer noch unangenehm, wenn Schindler mich bevorzugte. Manchmal wandte er sich sogar freundlich an uns alle drei, meinen Vater, meinen Bruder und mich, und sagte, wir seien eine »Familie von Maschinisten«. Mit einem gewissen Stolz fügte er dann hinzu, »Fachleute«, obwohl ich wusste, dass das in meinem Fall eine Übertreibung war. Dann kam ein SS-Offizier mit einem Totenkopfemblem an der Mütze und einer geladenen Pistole am Gürtel näher und beobachtete, wie ich arbeitete. Ich traute mich nicht aufzuschauen. Ich wagte kaum zu atmen. Falls ich durcheinandergeriete, würde die Strafe für uns alle hart werden, nur weil ein Nazi zuschaute.

Schwach, schlecht ernährt und immer übermüdet, war ich keine große Hilfe für die Kriegsbemühungen, aber Schindler schien das nichts auszumachen. Eines Nachts blieb er stehen und beobachtete mich, wie ich auf meiner Holzkiste stand und ein Gehäuse fertig machte.

»Wie viele davon hast du heute Nacht gemacht?«, fragte er.

»Ungefähr zwölf«, prahlte ich.

Schindler lächelte, er ging weiter und erzählte meinem Vater einen privaten Scherz.

Später erfuhr ich, dass ein wirklich geschickter Arbeiter leicht die doppelte Anzahl herstellen konnte.

Bei einer anderen Gelegenheit, als Schindler durch die Fabrik spazierte, ertappte er mich dabei, dass ich mich von meinem Arbeitsplatz entfernt hatte und zuschaute, wie eine komplizierte Maschine für eine andere Aufgabe umgestellt wurde. Ich war fasziniert von der komplizierten Prozedur und merkte gar nicht, wie lange ich meine Arbeit im Stich gelassen hatte. Ich erstarrte, als ich den bekannten Geruch nach Kölnisch Wasser und Zigaretten roch, und überlegte, was ich tun sollte. In Płaszów wäre ich für einen so offensichtlichen Verstoß erschossen oder zumindest als »fauler und unzuverlässiger Jude« ausgepeitscht worden. Doch Schindler ging weiter, ohne ein Wort zu sagen. Ein paar Tage später erfuhr ich, dass mein Bruder und ich in den Bereich der Werkzeugmacherei versetzt werden sollten. Diese Arbeit verlangte größere Fähigkeiten und bedeutete auch, dass wir mit unserem Vater zusammen wären. Statt mich zu strafen, hatte Schindler mich für meine Neugier belohnt.

Manchmal, wenn ich am Morgen nach einem von Schindlers nächtlichen Besuchen meine Essensration abholte, stellte sich heraus, dass er angeordnet hatte, mir zwei Portionen zu geben. Er hatte sich für diese Anordnung speziell bemühen müssen, und ich war überwältigt von seiner Freundlichkeit. Ein andermal blieb er bei meinem Vater stehen und legte ihm die Hand auf die Schulter. Es war, als würde er sagen: Alles wird gut, Mosche. Hätte ein echter Nazi eine solche Handlung beobachtet, eine derart humane Behandlung eines Juden, hätte er, ohne auch nur einen Moment zu zögern, beide erschossen. Doch Schindler plauderte zuweilen sogar mit meinem Vater. Und manchmal fand mein Vater später eine halbvolle Zigarettenschachtel, ein Geschenk, das Schindler »zufällig« neben seiner Maschine vergessen hatte. Mein Vater tauschte die Zigaretten gegen Brot.

Derartige Vorkommnisse mögen unbedeutend aussehen angesichts des Unheils jener Jahre, aber sie waren alles andere als das. Schindler wagte es, sich gegen das allgemeine Gesetz aufzulehnen, das verlangte, Juden zu quälen und auszurotten. Man durfte uns nicht als Mitmenschen behandeln. Mit einem solchen Verhalten riskierte man, in einem Arbeitslager oder einem KZ zu landen, oder gleich exekutiert zu werden. Sogar dass er uns mit unseren Namen ansprach, statt mit einem Knurren und einem Fluch, war schon strafwürdig. Dadurch, dass er uns mit Respekt behandelte, widersetzte Schindler sich der Naziideologie, die eine Hierarchie der Menschen eingeführt hatte, bei der die Juden ganz unten standen.

Schindler mochte ein Nazi gewesen sein und deshalb

definitionsgemäß gefährlich, aber er verhielt sich so, wie es kein anderer Nazi tat, den ich kannte. Obwohl ich nicht wusste, wie ich das einordnen sollte, war ich beeindruckt. Trotzdem war ich auf der Hut. Ich hatte gelernt, dass Menschen oft unvorhersehbar handeln.

Im Sommer 1941, als die Deutschen den Nichtangriffspakt mit der Sowjetunion gebrochen und das von den Sowjets besetzte Gebiet erobert hatten, hatte es ausgesehen, als wäre ein Sieg der Deutschen nur eine Frage der Zeit. Doch in Wirklichkeit arbeitete die Zeit gegen sie. Sie waren so schnell vorwärts marschiert bei ihrem »Blitzkrieg«, dass die Versorgungslinien nicht Schritt halten konnten. Sie hatten die Geschwindigkeit überschätzt, mit der sie die Sowjetarmee schlagen wollten, und zugleich den Widerstandswillen der Sowjets unterschätzt. Die deutsche Wehrmacht war nicht auf die grausame Kälte des russischen Winters vorbereitet. Mit dem blutigen Kampf um Stalingrad – bei dem über zwei Millionen Soldaten und Zivilisten den Tod fanden – lief die Zeit allmählich gegen die Deutschen. Als wir von der Kapitulation der 6. Armee Anfang Februar 1943 hörten, hatten wir gewusst, dass eine Niederlage der deutschen Wehrmacht wahrscheinlich war.

Es ging nur darum, durchzuhalten.

Im Sommer 1944 machten Berichte die Runde, dass sich das Kriegsglück zugunsten der Alliierten gewendet hatte, vor allem der Amerikaner und Briten im Westen und der

Sowjets im Osten. Von Zeit zu Zeit erreichten uns Bruchstücke von Informationen, die zusammengesetzt ergaben, dass die Alliierten in der Normandie gelandet waren und einen Angriff im Westen vorbereiteten. Mitte Juli hatte die Rote Armee die polnische Westgrenze der Vorkriegszeit erreicht. Das bedeutete, dass sie sich nahe Narewka befand oder es schon erreicht hatte. Vielleicht würden wir bald etwas von Herschel und unseren anderen Familienmitgliedern hören.

Als wir herausfanden, dass deutsche Geschäftsleute ihre Koffer packten, die Fabriken verließen und mit so viel Geld und Wertsachen, wie sie tragen konnten, aus Krakau flohen, wussten wir, dass Deutschland wirklich dabei war, den Krieg zu verlieren.

Man könnte annehmen, dass wir diese Nachrichten feierten, doch wir machten uns Sorgen darüber, was das wohl für uns bedeuten würde. Würden die Deutschen beschließen, uns alle umzubringen, bevor sie das Land verließen? Diese Angst war nicht unbegründet. Gerüchte kamen auf, dass Płaszów und alle Nebenlager liquidiert und die Insassen nach Auschwitz geschickt werden sollten, in das riesige Todeslager. Die Aussichten, Auschwitz lebendig zu verlassen, waren gleich null.

Dann wurden die Nachrichten noch viel beunruhigender. Schindlers Fabrik sollte geschlossen werden, und er würde anfangen, seine Belegschaft zu reduzieren. Eine Liste tauchte auf mit den Namen derjenigen, die nach Płaszów zurückgeschickt werden sollten. Auch mein Name war darauf, ebenso der meines Vaters und Davids. Jetzt ist es so weit, dachte ich, das ist das Ende. Ich wusste, ich würde Płaszów nicht überleben, sogar wenn ich mit meinem Vater und meinem Bruder zusammen war. Meine Mutter sollte bleiben, um bei der Schließung von Emalia zu helfen, aber das tröstete sie nicht. Wie konnte sie das für ein Glück halten, wenn ihr Mann und zwei ihrer Söhne in den fast sicheren Tod geschickt werden würden? Sie brach in Tränen aus, als mein Vater ihr mitteilte, dass wir den Befehl bekommen hatten, zurückzugehen.

Mein Vater versuchte, uns Mut zu machen. »Schindler hat einen Plan«, sagte er. »Er wird die Fabrik in der Tschechoslowakei neu aufbauen und uns mitnehmen.« Ich konnte es nicht glauben. Ich konnte mir nicht vorstellen, wie Schindler die ganze Anlage abbauen und woanders wieder aufbauen könnte. Und warum sollte er uns mitnehmen, wenn er an seinem neuen Standort ganz umsonst jüdische Arbeiter finden konnte? Sogar wenn er uns mitnehmen wollte, wie würde er die Nazi-Verwaltung, die das endgültige Sagen hatte, von so einem verrückten Plan überzeugen, besonders Amon Göth? Ich war sicher, dass Schindler nichts mehr für unsere Rettung tun konnte, wenn wir erst wieder in Płaszów waren, unter Göths Kontrolle.

An dem Tag, an dem wir das Lager verlassen sollten, standen etwa hundert Menschen vor den Wachmännern, die die Rückkehr nach Płaszów beaufsichtigen sollten. Ich versteckte mich ganz hinten in der Gruppe, wie ich es oft tat, und versuchte, unverdächtig auszusehen, besonders seit ich angegeben hatte, ein paar Jahre älter zu sein, als ich wirklich war. Schindler tauchte auf, um sich von uns zu verabschieden. Diese Mühe hätte sich kein anderer Nazi gemacht. Während Schindler an uns vorbeiging, in ein Gespräch mit einem deutschen Offizier vertieft, hatte ich das Gefühl, etwas unternehmen zu müssen, um zu verhindern, dass wir zurückgeschickt wurden. Ich versuchte, mir mit den Ellenbogen einen Weg nach vorn zu bahnen, aber es war zu spät. Schindler war schon weitergegangen. Aufgeregt stand ich vorn in der Reihe, zwei Schritte von einem deutschen Wachmann entfernt. Ich hatte wirklich keine Ahnung, was ich da tat. War es ein versuchter Selbstmord? Der Wachmann schnauzte mich an, ich solle in die Reihe zurücktreten. Um sicherzugehen, dass ich tat, was er sagte, holte er mit dem Gewehrkolben aus. Statt jedoch mich zu treffen, schlug er mir die Thermosflasche aus der Hand, die mein Freund, Herr Luftig, mir als Abschiedsgeschenk zurückgelassen hatte.

Die Thermosflasche knallte mit einem lauten, explosionsartigen Krachen auf den Zement. Schindlers Aufmerksamkeit wurde geweckt, und er drehte sich um. Das war meine Chance. »Wir werden weggeschickt«, rief ich. »Mein Vater, mein Bruder und ich!«

Schindler bedeutete den Wachmännern sofort, uns drei herauszuholen. Man befahl uns, in die Emalia zurückzugehen.

Schindler rettete uns nicht nur das Leben, er tat noch mehr. Nachdem er uns verlassen hatte, suchte Schindler meine Mutter auf. Er sagte ihr, es habe eine Verwechslung gegeben, wir würden bleiben. Später sagte meine Mutter, sie habe es erst gar nicht glauben können. Sie hatte überhaupt nicht gedacht, dass er wusste, wer sie war, doch er wusste es, wie sich herausstellte. Wenn ich an all seine Aktivitäten als Retter denke, große und kleine, ist diese Szene die erste, die mir einfällt. Ich nehme an, weil sie ein so außerordentliches Mitgefühl bewies. Er wusste, dass meine Mutter verzweifelt war, und er wusste, dass nur er sie beruhigen konnte.

Nun waren unsere vier Namen auf der »Liste« jener, die bleiben und bei der Übergangsregelung helfen sollten. Mein Bruder und mein Vater hatten auf dieser Liste die Nummern 288 und 290, und ich steckte zwischen ihnen, mit der Nummer 289. Meine Mutter stand auf einer anderen Liste, zusammen mit ungefähr dreihundert Frauen.

In den Tagen, die folgten, wurde klar, dass Schindler wirklich plante, mit der Fabrik nach Brünnlitz umzuziehen, eine Stadt im Sudetenland in der früheren Tschechoslowakei, heute Tschechische Republik, nicht weit entfernt von Schindlers Geburtsort. Es verlangte unglaublichen Mut und Einfallsreichtum, ganz zu schweigen von enormen Bestechungsgeldern, die es Schindler kostete, die notwendigen Bestätigungen zu bekommen, um Drehbänke, Stanzpressen und andere schwere Betriebsanlagen abzumontieren und an einen weit entfernten Ort zu transportieren. Je mehr die Abbauarbeiten fortschritten, umso phantastischer kam mir die Sache vor. Doch das Vertrauen, das mein Vater in Schindler setzte, war ungebrochen. Er versteckte sogar ein paar Vorräte in der Schublade seiner Drehbank, damit wir nach unserer Ankunft etwas zu essen hätten.

Als die Maschinen zum Zug gebracht wurden, wurde Emalia geschlossen, und wir wurden, zusammen mit allen anderen jüdischen Arbeitern, zurück nach Płaszów geschickt, wo wir bis zu unserer Abfahrt zu Schindlers neuer Fabrik warten sollten. Ich zitterte vor Angst, als wir das Tor zur Hölle auf Erden passierten. Todunglücklich überließ ich mich der alten Routine – ich stand um fünf Uhr morgens auf und wartete stundenlang in der Kolonne. Ich schleppte Steine, ich versuchte, keine Aufmerksamkeit auf mich zu ziehen, ich hörte und sah, wie Menschen wahllos erschossen wurden. Der einzige Unterschied war, dass die Aufmerksamkeit der Nazis sich verschoben hatte. Die Sowjetarmee kam näher, und die Deutschen richteten ihre Energie darauf, Spuren zu verwischen. Während der nächsten Wochen mussten etliche Arbeiter, unter ihnen mein Bruder David, Hunderte von Leichen aus den Massengräbern exhumieren und verbrennen.

Als er zur Baracke zurückkam, war David in einem Schockzustand. Er kämpfte um Worte, um zu beschreiben, was er gesehen hatte. Er weinte, als er uns erzählte, er habe buchstäblich in die Gräber hineinfassen und die verwesenden Körper herausholen und zu den brennenden Scheiterhaufen bringen müssen. Wir taten alles, um ihn zu beruhigen, aber wir konnten die Erinnerung an das, was er gesehen hatte, nicht einfach wegwischen, ebenso wenig wie den Geruch des Todes, der an seiner Kleidung und seiner Haut klebte. David war gerade mal siebzehn.

In Płaszów trafen wir wieder mit unserer Schwester zusammen, deren Fabrik ebenfalls geschlossen worden war. Von uns allen schien Pesza sich am besten gehalten zu haben. Sie war jung und kräftig, und ihre Arbeit hatte sie geschützt, aber der Nazi, der für ihre Firma zuständig gewesen war, hatte sein Geld genommen und war geflohen. Er hatte seine jüdischen Arbeiter ihrem Schicksal in Płaszów überlassen. Mein Vater wagte es, Schindler um einen letzten Gefallen zu bitten, nämlich dass er seine geliebte Tochter, die er zwei Jahre lang nicht gesehen hatte, auf die Liste der Arbeiter setzen ließ, die nach Brünnlitz gehen würden. Schindler war sofort einverstanden, und nun war ein fünftes Mitglied unserer Familie bei uns. Unser Glück war kaum zu glauben.

Ich erinnere mich genau an den Tag, als wir Płaszów zum letzten Mal verließen. Es war am 15. Oktober 1944. Mein Vater, mein Bruder und ich wurden in einen Viehwaggon geladen, zusammen mit anderen männlichen Arbeitern für Schindlers neue Fabrik. Man sagte uns, die Frauen würden in einem anderen Zug folgen. Wachmänner versiegelten die Türen und ließen uns in der Dunkelheit zurück. Wir warteten. Mein Vater, David und ich hielten uns an den Händen. Der Zug setzte sich so plötzlich in Bewegung, dass wir das Gleichgewicht verloren und übereinanderfielen. Männer stöhnten und fluchten. Es war, als würde die Erniedrigung nie enden. Wir rappelten uns auf und hörten, wie der Zug an Geschwindigkeit zunahm und westwärts fuhr. Ab und zu sah ich Lichtblitze durch die Ritzen in der Decke und den Wänden fallen. Ich hoffte, es wäre ein gutes Omen. Nach sechs Jahren verließ ich Krakau, die Stadt meiner Kindheitsträume, die Stadt, die sich in einen Albtraum verwandelt hatte, und war auf dem Weg ins Unbekannte.

NEUN

Konzentrationslager Groß-Rosen. Nur etwa 280 Kilometer nordwestlich von Krakau entfernt, aber über eine Million Kilometer von der zivilisierten Welt.

Oktober 1944.

Ich bin nackt.

Mein Kopf ist kahl rasiert.

Ich zittere vor Kälte und Angst.

Um mich herum herrscht vollständige Dunkelheit.

Allmählich wird die Nacht zum Tag. Ich bin noch immer nackt, noch immer renne ich an Wachmännern mit steinernen Gesichtern vorbei und versuche ihnen zu beweisen, wie fit ich bin.

Dann dämmert ein weiterer Tag.

Jetzt bin ich in Lumpen gekleidet. Ich habe keine Ahnung, wie lange ich schon hier bin.

Drei Tage?

Drei Wochen?

Ich weiß es nicht.

In der Nacht, als wir aus Krakau ankamen, krochen wir

mühsam aus den Viehwaggons und versammelten uns auf einem freien Feld. Man befahl uns, uns nackt auszuziehen und unsere Kleidung da liegen zu lassen, wo wir standen. Wir wurden zu den Duschen geführt. Zuvor hatten wir schreckliche Geschichten über Duschen gehört, aus denen Giftgas strömte. Doch in diesem Fall war es nur eiskaltes Wasser, das aus den Duschen tröpfelte. Danach wurden unsere Köpfe geschoren, und wir wurden zurückgeschickt zu dem Feld, wo wir nackt in der kalten Oktobernacht standen. Wir warteten darauf, dass irgendetwas geschehen würde, aber es passierte nichts. Stunde um Stunde ging vorbei, und wir froren immer mehr.

Um ein wenig Schutz vor dem Nachtfrost zu finden, drängten wir uns dicht aneinander. Ich kämpfte mir einen Weg in die Mitte der Gruppe, zum wärmsten Platz. Wenn ich zu lange stillstand, landete ich wieder am Rand. Jeder versuchte zu tun, was ich tat, und so bewegten wir uns ständig, eine Masse Mensch in einem unaufhörlichen Gedränge, um nicht zu erfrieren. Wenn ich eine Öffnung fand, quetschte ich mich wieder zurück in die Mitte. In diesem Fall war es ein Vorteil, dass ich zu klein für mein Alter war.

Schließlich schoben und stießen uns die Wachmänner in eine Baracke. Wir wurden zusammengepfercht. Es gab keinen Platz, um sich hinzulegen. Doch wenn wir uns alle aneinanderdrängten, war es wenigstens ein bisschen wärmer.

Ich döste ein. Am nächsten Morgen erwachten wir, auf jede nur mögliche Weise übereinander liegend. Noch immer nackt, wurden wir aufgestellt und abgefertigt wie Gepäckstücke. An einer Stelle bekamen wir Nummern. An der nächsten wurden unsere Körperhaare rasiert. Als ich vor den Gefangenen trat, der mich rasieren sollte, lachte er nur und schob mich weiter. Ich war noch immer zu mager und zu schlecht ernährt, um in die Pubertät gekommen zu sein. Ich muss gestehen, ich war froh, dass mir diese spezielle Erniedrigung erspart blieb.

Als Nächstes hatten wir uns einer medizinischen Kontrolle zu unterziehen, die daraus bestand, dass man im Kreis vor Naziinspektoren herumlief. Dabei ging es um Leben und Tod, man durfte ja nicht schwanken oder vor Erschöpfung zusammenbrechen. Diese Kontrolle versetzte mich in Panik. Sogar wenn ich den Test bestehen würde, konnte ich jeden Moment als zu klein für nützliche Arbeit aussortiert und in den Tod geschickt werden, das war mir klar. Irgendwie überstand ich die Prozedur, ohne hinzufallen, und stellte mich zum Rest unserer Gruppe. Dann wurde uns erlaubt, ein paar Kleidungsstücke von einem Haufen ausrangierter Sachen zu nehmen. Ich stürzte mich auf ein Hemd und eine Hose, die mir ein paar Nummern zu groß waren, dankbar, ein wenig Schutz vor der Kälte zu haben.

Keiner von uns hatte eine Ahnung, was unser Aufenthalt in Groß-Rosen bedeutete. Warum waren wir hier?

Wie hatte das passieren können? Gehörte es zu Schindlers Plan, den er für sich behalten hatte? Waren wir nur vorübergehend hier, oder war dies unsere letzte Station? Hatten sich Schindler Hindernisse in den Weg gestellt, die sogar er nicht überwinden konnte?

Keiner wusste eine Antwort darauf.

Wir fingen an, das Schlimmste zu denken.

Je länger unsere Zeit in Groß-Rosen andauerte, umso ähnlicher wurden wir wandelnden Toten.

Wunderbarerweise wurden wir eines Nachmittags in einen anderen Güterwagen geladen. Die Türen wurden geschlossen, und wir fuhren los, im Dunkeln, zu einem Ziel, das wir nicht kannten. Am nächsten Morgen, als die Türen aufgingen, sahen wir, dass wir endlich in Brünnlitz im Sudetenland angekommen waren. Mit letzter Kraft wanderten wir zu Schindlers neuem Arbeitslager. Diesmal stellte die Fabrik Kriegsmunition her. Wie in anderen Lagern gab es auch hier einen Kommandanten und Wachmänner, aber Schindlers Anwesenheit machte den entscheidenden Unterschied.

Das Lager bestand aus einem halbfertigen, zweistöckigen Backsteingebäude. Die Fabrik war noch nicht so weit, um Munition zu produzieren. Für uns gab es keine Pritschen, deshalb schliefen wir im oberen Stockwerk auf dem Fußboden, auf Stroh. Nach Groß-Rosen beklagte sich keiner von uns über diese Bedingungen.

Die Tatsache, dass die Fabrik noch nicht fertig war, war bei weitem nicht die wichtigste und schlimmste Nachricht. Schlimmer war, dass die Frauen aus Krakau noch nicht in Brünnlitz angekommen waren.

Ihr Zug war nach Auschwitz gegangen.

Als mein Vater das hörte, wich jede Farbe aus seinem Gesicht. Ich hatte ihn noch nie so verzweifelt gesehen. Man sagte uns, Schindler sei schon unterwegs nach Auschwitz, um die Frauen zu holen, aber sogar ihm trauten wir nicht zu, das zu schaffen.

Aber irgendwie gelang Oskar Schindler das scheinbar Unmögliche. Er bestach die für Auschwitz verantwortlichen Nazis mit großen Geldsummen und argumentierte, diese Frauen seien »Facharbeiterinnen«, »extrem gut ausgebildet« und »unverzichtbar«. Es war unglaublich, aber er war erfolgreich, und die Frauen wurden auf einen Zug geladen, der diesmal nach Brünnlitz fuhr.

Uns kam das Gerücht zu Ohren, die Frauen seien gerettet worden und würden bald hier sein. An dem Tag, an dem sie ankommen sollten, klopfte mein Herz wie wild, als ich am Fenster im zweiten Stock stand und auf die Frauen wartete. Endlich marschierten sie im Lager ein. Ihre Köpfe waren kahlgeschoren wie unsere, und sie waren mager und knochig. Man konnte sie nur schwer voneinander unterschieden. Dann erkannte ich sie, meine Mutter und Pesza! Es war mir egal, wie meine Mutter und meine Schwester aussahen. Sie waren am Leben, und das war alles, was zählte. Ich empfand einen seltenen Augenblick reiner Freude.

Pesza erzählte uns, dass es, sobald die Frauen in Auschwitz angekommen waren, eine Selektion durch einen SS-Offizier gegeben habe. Diejenigen, welche die Nazis für gesund und arbeitsfähig hielten, wurden zur rechten Seite geschickt, die anderen, die schwach oder unfähig aussahen, mussten nach links. Mit achtzehn wurde Pesza nach rechts geschickt, zu den jüngeren, starken Frauen. Meine Mutter, schon Anfang vierzig, wurde als nutzlos betrachtet, sie wurde nach links geschickt und in eine Baracke mit Alten und Kranken gebracht, mit Menschen, um deren Ernährung sich die Nazis nicht mehr kümmerten, Menschen, die für die Gaskammern bestimmt waren.

Mitten in diesem Elend war Schindler aufgetaucht und hatte das Wunder bewirkt. Wäre er nur ein bisschen später gekommen, wäre es zu spät gewesen, nicht nur meine Mutter zu retten, sondern auch all die anderen Frauen aus seiner Fabrik, die man nach links geschickt hatte.

Die nächsten acht Monate des Kriegs verbrachten wir in Schindlers Munitionsfabrik. Regelmäßig kamen vorgesetzte Nazigrößen und inspizierten unsere Arbeit. Sogar Amon Göth tauchte auf, um seinen Freund Schindler zu besuchen. Schindler gelang es, die Nazis davon zu überzeugen, dass wir nützlich und produktiv waren, auch wenn wir in diesen acht Monaten, die wir in Brünnlitz verbrachten, kaum brauchbare Munition herstellten.

Obwohl Schindler alles tat, was er konnte, um uns zu versorgen, überlebten wir nur mit Mühe. Nun, da Deutschland an beiden Fronten den Krieg verlor, gab es immer weniger zu essen. Unsere Suppe bestand allmählich nur noch aus heißem Wasser. Die Brotrationen wurden immer kleiner. Ich war ständig darauf aus, etwas Essbares zu besorgen. Wenn ich ein paar Kartoffelschalen fand, trocknete ich sie auf den Heizungsrohren, die durch die Fabrik liefen, und teilte sie mit David. Die schrecklichen Umstände, unter denen wir jetzt lebten, brachten uns beide noch näher zusammen. Wir passten einer auf den anderen auf und kümmerten uns beide um unseren Vater.

Ich konnte uns auch ein bisschen Essen vom Küchenpersonal besorgen. Das waren politische Gefangene, die im Lager eine heimliche Widerstandsgruppe organisierten. Weil sie aus Budzyń stammten, einem Ort in der Nähe meiner Heimat Narewka, sprachen sie den gleichen jiddischen Dialekt wie ich. Wann immer es möglich war, hielt ich mich bei ihnen auf, und wir freundeten uns an. Sie kochten die tägliche Suppe in großen Kesseln. Um diese Kessel auszuwaschen, spritzten sie Wasser hinein und kippten es dann aus. Sie erklärten sich einverstanden, dass ich dieses übrige Wasser in eine Kanne füllte. Die Kanne stellte ich auf ein Heizungsrohr, bis das Wasser verdunstet war und ein bisschen festere Nahrung als Bodensatz zurückblieb. Wenn es darum ging, etwas Zusätzliches zu essen zu finden, war ich immer sehr erfinderisch.

David und ich arbeiteten in der Werkzeughalle mit unserem Vater. Meine Fähigkeiten hatten unter der Aufsicht meines Vaters zugenommen, und ich konnte inzwischen die Arbeiten eines besseren Handwerkers verrichten. Schindler führte seinen Lebenswandel weiter, er feierte bis in den frühen Morgen und machte dann eine Runde durch die Fabrik. Manchmal ließ er mich in sein Büro kommen. Das erste Mal, als ich die Treppe hinaufging, zitterte ich am ganzen Körper. Was konnte er bloß von mir wollen? Ich überlegte, was ich falsch gemacht haben könnte. Als ich sein Büro endlich erreichte, war ich so voller Angst, dass ich ihn kaum verstand, als er versuchte, mich mit ein paar lockeren Worten zu beruhigen. Doch dann gab er mir ein Stück Brot, und da wusste ich, es war alles in Ordnung.

Schindler lud mich nicht oft nach oben ein, doch wenn er es tat, teilte ich die »Spende« immer mit meinem Vater und meinem Bruder.

Einmal, als Schindler an meinem Arbeitsplatz stehen blieb, um sich mit mir zu unterhalten, befahl er dem Mann, der für den Arbeitsplan zuständig war, mich in die Tagschicht einzuteilen. Dieser Wechsel rettete mir wahrscheinlich das Leben. Die Tagschicht war viel leichter auszuhalten, sowohl körperlich als auch psychisch. Ich weiß nicht, ob Schindler klar war, was für ein Geschenk er mir damit gemacht hatte. Natürlich waren nicht alle Mitgefangenen mit meiner Sonderbehandlung einverstanden, das konnte man verstehen, aber mein Vater und David freuten sich für mich.

Schindler berichtete uns von den Frontbewegungen im Osten. Anfang 1945 erfuhren wir, dass die Sowjetarmee Auschwitz und Krakau befreit hatte. Die geographisch gebildeteren Gefangenen zeichneten Landkarten in die Erde und beschrieben das Vordringen der Roten Armee. Diese Karten ließen die Fortschritte realer erscheinen. Es würde nicht mehr lange dauern, sagten sie, und die Armee würde auch uns erreichen.

Da nun alles mehr oder weniger entschieden war, hätten wir in den letzten Kriegsmonaten eigentlich einen gewissen Optimismus entwickeln müssen, doch im Frühjahr 1945 waren wir vollkommen erschöpft und hatten den letzten Rest Energie verloren. Geistig und körperlich war kaum noch Leben in uns. Mein Vater konnte seine Zwölfstundenschicht nicht mehr durchstehen, und er musste sich auf den Boden kauern, wenn keiner hinschaute. David bekam offene Stellen an den Beinen, die nicht mehr heilten. Und ich fing an, alles verschwommen zu sehen. Wenn ich die Maßangaben an meiner Maschine lesen musste, konnte ich es manchmal gar nicht, dann schlängelten sich die feinen Linien auf den Instrumenten ineinander und sahen aus wie krabbelnde Würmer.

Ich weiß nicht warum, vielleicht war es einfach deshalb, weil mich diese sechs Jahre Anstrengungen und Leiden endlich geschafft hatten, jedenfalls konnte ich mich nicht mehr gegen die zwanghafte Vorstellung wehren, dass ich mit der letzten Kugel dieses Kriegs erschossen würde. Wieder und wieder spielte ich diesen Albtraum in Gedanken durch – am letzten Tag, in der letzten Stunde, in der letzten Minute, so kurz vor der Befreiung würde mein Glück zu Ende gehen.

Tatsächlich war meine Angst nicht aus der Luft gegriffen. Zum Glück erfuhr ich erst später, dass die SS im April 1945 den Befehl bekam, alle jüdischen Arbeiter der Fabrik zu ermorden, doch Schindler schaffte es, den Plan zu durchkreuzen und den zuständigen SS-Offizier von uns fernzuhalten, bevor er diesen Befehl ausführen konnte.

Inzwischen flohen die deutschen Offiziere und Soldaten. Sie taten alles, was möglich war, um nicht in die Gefangenschaft der schnell herannahenden Sowjetarmee zu geraten. Mitten in dem Chaos nutzte Schindler wieder eine Gelegenheit, um etwas für uns zu tun. Er ging zu einem von den flüchtenden Nazis zurückgelassenen Lager und kam mit Hunderten Rollen blauen Stoffs und Hunderten von Flaschen mit Wodka zurück.

Schindler wusste, dass er angesichts der drohenden Gefahr, von den Sowjets gefangen genommen zu werden, fliehen musste. Zuerst machte er den Wachmännern klar, dass sie eine bessere Überlebenschance hatten, wenn sie von sich aus wegliefen. Sie brauchten keine weitere Ermutigung, sie flohen, ohne etwas zu sagen. Doch Schindler blieb. Er brachte es nicht über sich, ohne Abschied zu verschwinden, und rief seine jüdischen Arbeiter ein letztes Mal zusammen. Nach so vielen Jahren ständiger Angst konnte ich kaum glauben, dass das, was er sagte, wirklich wahr sein sollte.

»Ihr seid frei«, sagte er zu uns.

Frei!

Uns fehlten die Worte. Was gab es da auch zu sagen? Was konnte den Aufruhr unserer Gefühle ausdrücken? Freiheit kam uns zu phantastisch und unmöglich vor. Bevor er ging, bat Schindler, wir sollten uns nicht an den Bewohnern der nahen Stadt rächen, sie hätten ihm geholfen, uns am Leben zu erhalten. Er gab jedem von uns eine Rolle Stoff und eine Flasche Wodka, Waren, von denen er wusste, dass wir sie gegen Nahrung, Schutz und Kleidung tauschen konnten. Ich hatte keine Möglichkeit, mich persönlich von Schindler zu verabschieden, aber ich schloss mich den anderen Arbeitern an, als wir ihm einen Ring schenkten, gemacht aus dem Zahngold eines Gefangenen. Auf dem Ring war ein hebräischer Spruch aus dem Talmud eingraviert: »Wer auch nur ein einziges Leben rettet, rettet die ganze Welt.«

Kurz nach Mitternacht fuhr Oskar Schindler mit seinem Auto davon. Er hatte vor, die amerikanische Linie zu erreichen, was ihm auch gelang. Hätten ihn die Sowjets erwischt, hätten sie in ihm nur einen Nazi gesehen und ihn umgebracht.

Wir warteten nach Schindlers Verschwinden unsicher auf die Ankunft der Sowjets. Unsere Wachmänner hatten nicht gezögert, ihren Posten zu verlassen. Wir hätten weglaufen können, taten es aber nicht. Wir hatten keine Ahnung, wohin wir gehen konnten und was uns außerhalb des Lagers erwartete. Es herrschte eine gespenstische Stille, fast wie im Auge eines Sturms. Ein paar jüngere Männer nahmen die Waffen, die die Wachmänner zurückgelassen hatten, und bildeten einen Wachdienst. Die Nacht kam, und wir wussten nicht, welche Schritte wir als Nächstes unternehmen sollten.

Am 8. Mai 1945 kam die Antwort. Ein einsamer russischer Soldat fuhr durch das Tor herein. Er fragte uns, wer wir waren. Wir antworteten, wir seien Juden aus Polen. Da sagte er, wir seien frei und sollten die Dreiecke und die Nummern von unseren Uniformen entfernen. Wenn ich an diesen Moment zurückdenke, kommt es mir vor, als hätten wir sie alle gleichzeitig abgerissen, eine Bestätigung unserer Solidarität und unseres Sieges.

Trotz der unmöglichen Bedingungen hatten wir es geschafft. Es war ein Wunder. Oskar Schindler, dieser Mann der Widersprüche – Nazi, Opportunist, Intrigant, mutiger Außenseiter, Retter, Held – hatte an die tausendzweihundert Juden vor dem fast sicheren Tod gerettet.

ZEHN

Nachdem der Soldat verschwunden war, gingen die Tore auf. Ich war in einem Schockzustand. Das waren wir alle. Nach Jahren des Eingesperrtseins hatten wir den Schritt in die Freiheit gemacht. Ich war verwirrt, schwach und außer mir vor Freude, alles auf einmal.

Desorientiert und unsicher trieben wir uns noch zwei Tage im Brünnlitzer Lager herum. Ich konnte die Tatsache, dass wir jetzt befreit waren, nicht fassen, auch als unsere Feinde, die besiegten deutschen Soldaten, in Massen an uns vorbeizogen. Ich stand da und beobachtete sie, die einst so selbstsicheren Truppen, die jetzt Gefangene der Sowjets waren. Stunde um Stunde schleppten sie sich mühsam vorbei, mit gesenkten Köpfen und mürrischen Gesichtern. Einige der jüdischen Arbeiter rächten sich, sie nahmen den Soldaten die Stiefel ab und gaben ihnen stattdessen ihre eigenen Holzpantinen. Ich beteiligte mich nicht daran. Es war unmöglich, die Rechnung mit den Nazis zu begleichen, ganz egal, was ich tat. Ich wollte nichts anderes, als mich für immer an diese Stunden zu erinnern, an den Anblick der früher so stolzen Soldaten, die jetzt geschlagen an uns vorbeizogen.

Die tschechischen Behörden stellten unentgeltlichen Transport für jene von uns bereit, die nach Polen zurückkehren wollten. Meine Mutter sehnte sich nach Narewka, sie wollte Herschel und ihre Familie finden, aber mein Vater sagte, es sei noch zu gefährlich, so weit in den Osten zu fahren. Stattdessen, beschloss er, sollten wir alle fünf nach Krakau fahren. Natürlich hegten wir insgeheim die Hoffnung, dass Tsalig irgendwie entkommen war und dort auf uns wartete.

Diesmal hatten die Viehwaggons Bänke, und die Schiebetüren blieben offen. Wir konnten den Frühling riechen und die vorbeifliegende Landschaft sehen. Von meinem Platz aus überblickte ich die ganze Szenerie und bemerkte nur wenige Zeichen des Kriegs, der uns das Leben so unerträglich schwergemacht hatte. An den Bäumen wuchsen neue Blätter, und auf den Wiesen blühten Wildblumen. Die Narben des Kriegs, die ich selbst so deutlich spürte, waren in der vorbeiziehenden Landschaft nicht sichtbar. Es war fast, als hätte es diese schrecklichen Jahre des Leidens nie gegeben. Aber ich brauchte nur in die verhärmten, abgemagerten Gesichter meiner Eltern zu schauen und wusste es besser.

Während der Zug ostwärts fuhr, erlaubte ich mir etwas, was ich seit Jahren nicht mehr getan hatte: Ich dachte an die Zukunft. In den letzten sechs Jahren hatte der Gedanke an eine Zukunft nur bedeutet, zu überlegen, wie man die nächste Stunde überlebte, wie man das nächste bisschen Essen fand, wie man dem nächsten Zusammenstoß mit dem Tod entkam. Nun bedeutete die Zukunft viel mehr. Ich könnte wieder zur Schule gehen. Ich könnte ein Zuhause haben, richtiges Essen, Sicherheit. Eines Tages würde ich mich vielleicht wieder sicher fühlen.

Der Zug hielt oft an, um Menschen in der Nähe der Orte, aus denen sie gekommen waren, aussteigen zu lassen. Jedes Mal kletterten die Leute aus dem Zug und eilten möglichst schnell davon, ohne sich zu verabschieden und ohne sich noch einmal umzuschauen. Es gab keinen Grund, das Martyrium auch nur eine Sekunde zu verlängern. Ich sah, wie sich meine früheren Kameraden in Polen verstreuten, einer nach dem anderen, eine Familie nach der anderen. Wir alle sehnten uns nur nach dem Ende unseres Leidens, wir wollten in unser altes Leben zurückkehren, zu den Menschen, von denen wir so lange getrennt gewesen waren.

Leider erkannte ich in Krakau bald, dass das Leiden noch nicht vorbei war. Meine Eltern, David, Pesza und ich trugen noch immer unsere gestreifte Sträflingskleidung. Wir umklammerten unsere einzigen Besitztümer, die Stoffrollen und die Wodkaflaschen, die Schindler für uns organisiert hatte, und gingen vorsichtig durch die Stadt zu unserem alten Viertel. Wir wurden mit neugierigen Blicken gemustert, zugleich aber mit einer Gleichgültigkeit, die mich fassungslos machte. Wir fanden Wojek, den freundlichen Nichtjuden, der für meinen Vater die Anzüge verkauft hatte, und wir wandten uns an einen früheren Nachbarn in der Przemyslowastraße. Er ließ uns ein paar Nächte in seiner Wohnung schlafen und beschloss, eine kleine Feier für meinen Vater zu veranstalten. Nach ein paar Gläsern Wodka aus einer unserer kostbaren Flaschen gab er zu, überrascht darüber zu sein, dass wir überlebt hatten.

Es wurde uns bald klar, dass viele in der Stadt seine Überraschung teilten. Für einige war die unerwartete Rückkehr der Juden alles andere als willkommen. Sie fragten sich, was wir von ihnen wohl erwarteten. Sie hatten während des Krieges selbst an Härten und Verlusten gelitten und interessierten sich nicht für unsere Leiden. Manche waren antisemitisch und hatten sich gefreut, als wir aus dem Land verschwanden, das sie für ihr eigenes hielten, trotz der Tatsache, dass Juden seit über tausend Jahren hier gelebt hatten. Nun waren wir zurück und machten ihnen Angst, obwohl wir einfach nur versuchten, uns an die Freiheit zu gewöhnen und unser altes Leben wieder aufzubauen.

Meine Mutter fand einen Schneider, der mir aus meinem Stoffballen eine Hose nähte – meine erste neue Hose seit fast sechs Jahren. Seine Bezahlung bestand in dem Rest des Stoffes. Meinem Vater gelang es, seine alte Arbeit in der Glasfabrik wiederzubekommen. Wir brauchten dringend eine eigene Wohnung. Einstweilen hatten wir Unterschlupf in einem Studentenwohnheim gefunden, das man zu einem Auffangzentrum für Flüchtlinge umgewandelt hatte. Denn das waren wir jetzt, Flüchtlinge, Außenseiter in einem Land, in dem die Juden eine lange Geschichte hatten. Bei Kriegsende waren von den früher 60.000 jüdischen Einwohnern Krakaus nur noch ein paar tausend übrig geblieben.

Im Wohnheim lebten noch andere Rückkehrer ohne Zuhause. Wie wir es im Ghetto getan hatten, teilten wir die Räume mit Hilfe von Schnüren und darüberhängenden Betttüchern in verschiedene Bereiche. Bald kamen immer mehr Menschen, die eine Unterkunft brauchten, Juden, die nach ihren Familien suchten und sich bemühten, ihre Wohnungen und ihr früheres Leben wiederzubekommen. Viele von ihnen kamen aus den von den Sowjets besetzten Gebieten im Osten. Eines Tages fand meine Mutter eine junge Frau und ihre Mutter, die im Hausflur schliefen. Meine Mutter bestand darauf, dass sie den Raum mit uns teilten. Allmählich füllten sich alle vier Seiten des Raums mit verschiedenen Familien.

In jenem Sommer verstärkten sich in Krakau die negativen Reaktionen auf die zurückkehrenden Juden. Eine jüdische Frau wurde fälschlich beschuldigt, ein nichtjüdisches Kind geraubt zu haben. Gerüchte machten die

Runde, dass ausgemergelte Juden, die aus den Lagern zurückkamen, das Blut nichtjüdischer Kinder für Transfusionen brauchten, ein Wiederaufleben der alten Blutbeschuldigung. Sie waren ebenso falsch und lächerlich, wie sie es schon in der Vergangenheit gewesen waren, dennoch brachten sie die Stadt in Aufruhr. Ein Haufen Menschen rotteten sich vor einer der verbliebenen Synagogen zusammen, sie zogen unter lauten Beschimpfungen zu unserem Haus und warfen Steine in die Fenster. Nach ungefähr einer Stunde zogen sie wieder ab, aber die Gewalt hatte unsere alten Ängste wieder aufleben lassen, und erneut wünschte ich mir nichts mehr, als unsichtbar zu sein.

Mein Vater ging jeden Tag zur Arbeit, während wir anderen die meiste Zeit in unserem provisorischen Zuhause verbrachten und Angst hatten, hinauszugehen. Sollte das etwa unsere Zukunft sein? Hatten wir den Krieg, das Ghetto und die Lager überlebt, nur um ein Leben in Angst zu führen?

Am 11. August 1945 brach ein Aufruhr aus, als ein nichtjüdischer Junge behauptete, die Juden hätten versucht, ihn umzubringen. Rowdys griffen unser Haus an, wieder zertrümmerten sie die Fensterscheiben mit Steinen, zerrten Menschen aus dem Erdgeschoss und verprügelten sie mit bloßen Händen. Wir flohen aus unserem Zimmer in die Sicherheit eines der oberen Stockwerke. In einem anderen Stadtteil plünderten Angreifer eine Synagoge und verbrannten die Thorarollen. Es gab Gerüchte, man habe Juden auf offener Straße verprügelt und dann ins Krankenhaus gebracht, nur um sie dort noch weiter zu verprügeln. In der Fabrik wurde mein Vater gewarnt, nach der Arbeit nicht hinauszugehen, auf den Straßen war es zu gefährlich, deshalb blieb er über Nacht in der Fabrik, in relativer Sicherheit. Meiner Mutter, meinen Geschwistern und mir stand eine lange Nacht bevor, die wir allein verbringen mussten.

Als mein Vater am nächsten Tag aus der Fabrik nach Hause kam, erzählten wir ihm, was in der Nacht davor passiert war. Er blieb still.

»Wir können hier nicht bleiben«, sagte David.

»Vielleicht könnten wir ja nach Narewka zurückkehren«, schlug meine Mutter vor. Das hatte sie nach dem Krieg schon oft gesagt. Sie hatte sich in der Stadt nie wirklich eingelebt, und jetzt gab es keinen Anlass, dass sich an ihren Gefühlen etwas änderte. Doch der wirkliche Grund für ihre Sehnsucht, nach Narewka zurückzukehren, war die winzige Hoffnung, dass wenigstens einige Mitglieder unserer Familie überlebt hatten, vor allem Herschel, mein ältester Bruder.

»Wir können noch nicht zurückgehen«, erwiderte mein Vater. »Vielleicht können wir es nie.«

Dann teilte er uns die vernichtenden Nachrichten mit. Meine Mutter hörte starr vor Schreck zu, als er uns erzählte, was er von anderen gehört hatte, die aus Narewka stammten. Einige hatten es geschafft, zurückzugehen und nach ihren Familien zu suchen. Was sie erzählten, war absolut schrecklich. Nach der vordringenden deutschen Armee hatten SS-Horden, Einsatzgruppen genannt, die Dörfer und Gemeinden in Ostpolen überschwemmt, mit dem einzigen Zweck, Juden zu ermorden. Sie erreichten Narewka im August 1941. Dort brachten sie alle jüdischen Männer des Dorfs, etwa fünfhundert, zu einer Wiese neben dem Wald, erschossen sie und verscharrten sie in einem Massengrab. Die Frauen und Kinder wurden von der SS in eine Scheune getrieben und nach ein paar Tagen ebenfalls getötet. Auf einen Schlag war unsere ganze ausgedehnte Familie in Narewka, einige hundert Verwandte – meine Großeltern, Tanten, Onkel, Cousins, Cousinen – ermordet worden. Es war so schlimm, dass man es nicht glauben konnte. Als meine Mutter an ihre Eltern dachte, konnte sie nur flüstern: »Ich hoffe, sie sind gestorben, bevor die Einsatzgruppen gekommen sind.«

Ganz plötzlich traf uns das volle Ausmaß dessen, was er uns erzählt hatte.

Wir hatten in diesen langen sechs Jahren, die wir von ihm getrennt waren, nie etwas von Herschel gehört. Wir hatten angenommen, er habe es nach Narewka geschafft, den Ort, der 1939 unter sowjetischer Herrschaft stand und sicherer zu sein schien als Krakau. Nun erfuhren wir, dass

Herschel tatsächlich bis Narewka gekommen war, jedoch nur, um dort an jenem schrecklichen Tag im August von den SS-Mördern umgebracht zu werden. Meine Mutter brach zusammen, und wir anderen standen erstarrt daneben.

Viele Jahre später kehrte ich nach Narewka zurück. Ein nichtjüdischer Pole, den ich traf, erzählte von einem jungen Juden, der versucht hatte, wegzulaufen, aber »einer von uns«, wie er sagte – mit anderen Worten, ein Nichtjude – entdeckte ihn und verriet ihn an die SS, die ihn sofort erschoss. Wenn ich an meinen ungestümen Bruder denke, kann ich mir gut vorstellen, dass er der junge Mann war, der in den Wald rannte, bereit, alles zu tun, um zu überleben.

Wochen gingen vorbei, und das Leben wurde nicht besser. Ständig gab es Berichte von aufflackernden Feindseligkeiten gegen Juden. Arbeitsplätze waren ebenso knapp wie Lebensmittel. Unsere Zukunft in Krakau sah trostlos aus.

Anfang 1946 entwickelten David und Pesza den Plan, in die Tschechoslowakei zurückzukehren und sich vielleicht dort niederzulassen. Ich überquerte mit ihnen die Grenze. Ein paar Tage später schickte meine Mutter über einen Freund eine Nachricht, sie brauche wenigstens eines ihrer Kinder bei sich. Als Jüngster, gerade erst sechzehn, fiel die Wahl auf mich. Ich verabschiedete mich von David, und Pesza brachte mich nach Krakau. Danach kehrte sie wieder in die Tschechoslowakei zurück, zu David. Die Trennung von meinem Bruder und meiner Schwester tat mir sehr weh. Wunderbarerweise hatten wir es geschafft, in den letzten Kriegsjahren zusammenzubleiben. Nun waren wir erwachsen und begierig, ein neues Leben anzufangen. Meinen Eltern wäre es nicht im Traum eingefallen, sie zurückzuhalten.

Ein paar Monate später meldeten sich meine Eltern bei einer zionistischen Organisation – einer der Gruppen, deren Ziel es war, einen jüdischen Staat zu errichten. Wir hofften, sie könnten uns aus Polen hinausschmuggeln. Wir hatten nicht vor, in das von den Briten kontrollierte Palästina zu gehen, denn das Leben dort wäre zu mühsam für meine Eltern. Nach ein paar Wochen ängstlichen Wartens kam unsere Chance. Wir zahlten einem Grenzwächter eine geringe Bestechungssumme und überquerten die Grenze. Wir fuhren mit dem Zug durch die Tschechoslowakei und kamen schließlich in Österreich an, in Salzburg. Dort wies uns die UNRA ein Displaced Persons Lager in Wetzlar zu, in der amerikanischen Besatzungszone in Deutschland. Einerseits war es seltsam, ausgerechnet in Deutschland zu sein, andererseits war es ein gutes Gefühl, ein neues Kapitel in unserem Leben aufzuschlagen.

Heimatlos, staatenlos und wieder in einem Lager, hätten wir uns geschlagen fühlen können, aber Wetzlar war ganz anders als die Lager während des Kriegs. Wir bekamen drei Mahlzeiten am Tag, verlässliche medizinische Betreuung, und wir standen unter dem Schutz des amerikanischen Militärs. Das war sehr gut. Am wichtigsten war aber, dass wir kommen und gehen konnten, wie wir wollten. Ich nutzte jede Gelegenheit, um durch die Stadt zu streifen und mit jedem, der dazu bereit war, ein Gespräch anzufangen. Ich freundete mich mit Jugendlichen im Lager an, unter anderem mit einem hübschen ungarischen Mädchen, das so alt war wie ich. Bald hatte ich fließend Ungarisch gelernt, damit ich mich mit ihr unterhalten konnte. Ein paar Ungarn waren so überzeugt, ich wäre ebenfalls ein Ungar, dass sie anfingen, Polnisch zu sprechen, wenn sie nicht wollten, dass ich sie verstand. Nur langsam kapierten sie, dass Polnisch meine Muttersprache war.

Zur Freude meiner Mutter nahm ich an Gewicht zu und bekam etwas Fleisch auf die Rippen. Ich wurde auch etliche Zentimeter größer. Meine Haare wuchsen nach, dunkel und dicht. Ich besaß neue Kleidungsstücke, die von den Schneidern im Lager hergestellt wurden, indem sie Militäruniformen auftrennten und zu Zivilkleidung verarbeiteten. Jemand gab mir sogar einen Hut, einen braunen weichen Filzhut. Er wurde zu meinem Markenzeichen. Ich trug ihn überall und eiferte damit auf meine Art der Vorkriegseleganz meines Vaters nach.

Gelegentlich diskutierten meine neuen Freunde und ich darüber, was während des Kriegs das Schlimmste gewesen war. Manche waren in Arbeitslagern gewesen, andere in Konzentrationslagern, manche sogar in dem berüchtigten Todeslager Auschwitz-Birkenau. Wieder andere hatten sich auf alle möglichen Arten versteckt. Wir konnten nicht anders, wir mussten Geschichten austauschen, Informationen, obwohl solche Gespräche zuweilen zu Neid und Ärger führten. Auf eine eigenartige Weise schienen wir um die schlimmsten Erfahrungen zu wetteifern. Wir alle waren durch eine private Hölle gegangen, und wir verarbeiteten immer noch, was wir erlebt hatten. Keiner von uns wusste, was er mit der Last seiner Erinnerungen anfangen sollte. Manchmal brach sich der Schmerz Bahn, drang an die Oberfläche und bedrohte die zerbrechlichen Freundschaften, die wir pflegten.

Ich hatte nie das Gefühl, das Lager sei ein Zuhause, aber ich gewöhnte mich an das Leben dort, während wir darauf warteten, welches Land uns aufnehmen würde. Es gab viele Menschen wie uns, die einen Ort suchten, an dem man sie akzeptierte.

Die Deutschen hatten meine Schullaufbahn beendet, kurz nachdem ich zehn Jahre alt geworden war. Meine Eltern machten sich Sorgen über meinen Mangel an Bildung und darüber, was das für meine Zukunft bedeuten würde. Mein Vater suchte nach jemandem, der mich unterrichten könnte, um wenigstens zu einem Teil das auszugleichen, was ich verloren hatte. In der nahen Stadt fand er einen früheren deutschen Ingenieur, der arbeitslos war und fünf Kinder zu ernähren hatte. Zwei Jahre lang ging ich dreimal in der Woche zu Dr. Neu, der mich in Mathematik und technischem Zeichnen unterrichtete. Wir begannen mit den Grundlagen der Arithmetik und arbeiteten uns bis zur komplexen Trigonometrie vor.

Nach einiger Zeit freute ich mich auf meine Unterrichtsstunden bei Dr. Neu. Nach meinen Erfahrungen mit Oskar Schindler hatte ich das Gefühl, den Unterschied zwischen jenen Deutschen, die echte Nazis waren, und jenen, die sich eine gewisse Menschlichkeit bewahrt hatten, genau zu erkennen, auch wenn sie Parteimitglieder gewesen waren. Ich stellte fest, dass die echten Nazis ihre Schuhe anstarrten oder anfingen, ihre Uhr aufzuziehen, wenn jemand den Krieg erwähnte. Und wenn jemand darüber sprach, was die Juden durchgemacht hatten, war ihre immer gleiche Antwort: »Davon haben wir nichts gewusst.« Dr. Neu war anders. Er fragte mich nach meinen Erlebnissen aus und hörte genau zu, was ich erzählte. Es erinnerte mich daran, wie Oskar Schindler mir Fragen gestellt und auf meine Antworten gewartet hatte. Dr. Neu versuchte nicht, das zu beschönigen, was passiert war. Einmal, als ich ihm etwas erzählte, hörte seine Frau zu. »Wir haben nichts gewusst«, murmelte sie. Er warf ihr einen bohrenden Blick zu und erwiderte: »Sag das nicht.« Als dieser peinliche Moment vorbei war, drängte er mich, weiter zu erzählen.

Durch jüdische Organisationen kamen meine Eltern in Kontakt mit unseren wenigen Verwandten in den Vereinigten Staaten. Schejne, die Schwester meiner Mutter, und ihr Bruder Morris, die Narewka Anfang der 1890er Jahre verlassen hatten, lebten jetzt in Los Angeles. (Onkel Karl war kurz nach seiner Ankunft in den Staaten gestorben.) Sie hatten geglaubt, alle Verwandten in Polen wären ermordet worden, und waren ganz aus dem Häuschen, als sie hörten, dass wir drei in einem DP-Lager waren. Unsere amerikanischen Verwandten schrieben Briefe und schickten Pakete mit Essen, das andere Freunde aus Narewka, die nun in den Vereinigten Staaten lebten, spendeten. Da wir kein Geld besaßen, um Dr. Neu für meinen Unterricht zu bezahlen, gaben wir ihm Teile unserer Care-Pakete, Kaffee und Zigaretten und Nahrungsmittel aus dem DP-Lager, das meine Familie nicht essen wollte, wie zum Beispiel Konservendosen mit Schinken.

1948 schlossen sich Pesza und David einer Gruppe Zionisten an. Sie verließen die Tschechoslowakei und zogen in den neuen Staat Israel, der in diesem Jahr gegründet worden war. Als wir von ihren Plänen erfuhren, hätte ich mich ihnen gerne angeschlossen, aber inzwischen hatten meine Eltern beschlossen, dass wir in die Vereinigten Staaten gehen würden, sobald meine Tante und mein Onkel alles arrangiert hatten. Meine Eltern argumentierten, in Amerika würden wir Arbeit finden und meiner Schwester und meinem Bruder helfen können, deren Leben in einem Land, das um seine Existenz kämpfte, bestimmt nicht leicht sein würde. Obwohl ich jetzt fast neunzehn war und mich sehr gern meinen Geschwistern angeschlossen hätte, konnte ich nach allem, was meine Eltern durchgemacht hatten, ihre Bitte nicht abschlagen. Ich musste bei ihnen bleiben.

Endlich, im Mai 1949, nach fast drei Jahren im Lager für Displaced Persons, bekamen wir die Bestätigung, dass unser Antrag auf Einwanderung angenommen worden war. Es war kaum zu glauben, wir würden wirklich in die Vereinigten Staaten von Amerika reisen. Wir nahmen den Zug nach Bremerhaven und fuhren dann auf einem ehemaligen Truppentransportschiff neun Tage lang über den Atlantischen Ozean nach Boston, Massachusetts. Ich verbrachte meine Zeit möglichst an Deck und betrachtete den Ozean, der sich in alle Richtungen erstreckte. Das Majestätische, die Unendlichkeit schenkten mir einen Frieden, den ich nie zuvor empfunden hatte.

Wir schliefen auf Hängematten unter Deck und litten an Seekrankheit, obwohl es mir besser ging als manchen anderen. Wir, die Flüchtlinge, repräsentierten viele Nationen und sprachen viele verschiedene Sprachen. Es schüchterte mich regelrecht ein, wie viele davon ich nicht verstand. Es gab jedoch eine Sprache, die wir alle nicht konnten, und das war Englisch. Deshalb hatten wir Abzeichen mit unserer Identität an den Jacken, um sicherzugehen, dass wir an der richtigen Stelle ankommen würden.

Dave Golner, der Sohn von Onkel Morris, der in Connecticut lebte, fand uns, als wir von Einwanderungsbeamten nach der Ankunft unseres Schiffes im Hafen von Boston kontrolliert wurden. Bei dieser Kontrolle wurde unser Nachname in Leyson geändert. Ich hatte den Namen Leib schon abgelegt, ich fand Leon viel besser. Dave konnte nur ein bisschen Jiddisch und kein Polnisch, deshalb dirigierte er uns mehr durch Zeichen als durch Worte zum Bahnhof. Er gab uns Geld für unterwegs, für die fünf Tage dauernde Reise nach Los Angeles, Kalifornien.

Es war ein gutes Gefühl, diesmal in einem Fahrgastabteil zu sitzen, auf Samtsitzen, nicht zusammengepfercht in einem Viehwaggon. Heute würden manche Menschen unsere Fahrt wohl als Nervenprobe betrachten. Wir schliefen auf unseren Sitzen, und Duschen gab es auch nicht. Trotzdem genoss ich jede Minute dieser Reise. Stundenlang saß ich am Fenster und beobachtete die Welt, die an uns vorbeizog, während wir von der Ostküste nach Chicago fuhren, dann durch den Mittelwesten und den Südwesten.

Unsere Unfähigkeit, Englisch zu sprechen, führte unterwegs zu manchen verwirrenden Momenten. Wenn wir zum Beispiel zum Speisewagen gingen, konnten wir nur auf das deuten, was ein anderer Gast aß, oder auf ein paar unverständliche Worte auf der Speisekarte. Oft endete das in sehr seltsamen Zusammenstellungen. Ich hatte auch keine Ahnung, wie sich die Preise im Vergleich zu dem Geld in meiner Tasche verhielten, deshalb gab ich dem Kellner immer einen großen Geldschein und wartete auf das Wechselgeld. Allmählich hatte ich eine große Menge Münzen gesammelt. Als ich wieder auf meinem Sitz im Zugabteil saß, betrachtete ich sie genau und versuchte herauszufinden, was sie wert waren. Natürlich konnte ich die Zahlen auf den Münzen lesen, aber das hieß nicht, dass ich ihren Wert verstand.

Eines Nachmittags sah eine Frau, die ein paar Plätze weiter saß, wie ich das Wechselgeld betrachtete, das ich nach dem Bezahlen meines Mittagessens bekommen hatte. Sie stand auf, kam herüber und setzte sich neben mich. Sie lächelte und nahm mir eine Münze aus der Hand. »Das ist ein Nickel«, sagte sie und nahm eine andere Münze. »Das ist ein Dime«, fuhr sie fort, »und das ein Penny.« Wir gingen die Bezeichnungen ein paarmal durch – ein Cent, fünf Cents, zehn Cents, fünfundzwanzig Cents. Nachdem ich gelernt hatte, wie man die Wörter aussprach, lächelte die Frau und ging zurück zu ihrem Platz. Vermutlich hatte sie diesen Vorfall ein paar Tage später schon vergessen, aber ich vergaß ihn nie. Ich erinnere mich noch heute, fünfundsechzig Jahre später, an ihre Freundlichkeit. Sie hatte mir meinen ersten Englischunterricht gegeben.

Im Zug beobachtete ich, wie die Landschaft draußen

von üppigem Grün zu dramatischem Rot und zu trockenem Wüstenbraun wechselte, bis wir schließlich durch die Mojave-Wüste kamen. Ich dachte über dieses neue Land nach, das nun mein Zuhause sein würde. Vor mir lag eine Zukunft, wie ich sie noch vor gar nicht langer Zeit nicht für möglich gehalten hätte. Ich hatte überhaupt keine Angst, obwohl ich weder die Sprache sprach noch eine blasse Ahnung hatte, was ich jetzt tun sollte. Ich war einfach glücklich. Zum ersten Mal seit vielen Jahren gab ich mich Tagträumen über die Zukunft hin. Ich wusste, dass ich Englisch lernen würde. Ich würde einen Arbeitsplatz finden. Eines Tages würde ich heiraten und eine eigene Familie haben. Ich könnte sogar so lange leben, bis ich ein alter Mann wäre. Alles war möglich.

Als der Zug in den Bahnhof von Los Angeles einfuhr, suchten meine Mutter, mein Vater und ich unsere Sachen zusammen und bereiteten uns auf das Aussteigen vor. Ich nahm meinen Filzhut und wollte ihn schon aufsetzen, doch dann überlegte ich es mir anders. Ich legte ihn zurück ins Gepäcknetz und drehte mich um. Dieser Hut war Teil meines alten Lebens, jenes Lebens, das ich zurücklassen wollte. Mit den Quarters, Nickels und Dimes, die in meiner Tasche klimperten, stieg ich aus dem Zug, hinaus in die Sonne Kaliforniens.

Ich war neunzehn Jahre alt, und mein richtiges Leben hatte gerade begonnen.

EPILOG

In den Vereinigten Staaten sprach ich kaum über meine Erlebnisse während des Kriegs. Es war zu schwierig, sie den Menschen zu erklären. Es schien noch nicht einmal das Vokabular für das zu geben, was ich durchgemacht hatte. Für Amerikaner rief ein Wort wie »Lager« fröhliche Erinnerungen an Sommerferien hervor, die nichts mit dem zu tun hatten, was ich in Płaszów und Groß-Rosen erlebt hatte. Ich erinnere mich daran, dass ich einmal, kurz nachdem wir uns in Los Angeles niedergelassen hatten, versuchte, einem Nachbarn zu beschreiben, was es hieß, im Ghetto dem Verhungern nahe zu sein. Als ich sagte, dass wir nie genug zu essen hatten, antwortete er: »Wir hatten hier auch eine Rationierung.« Er hatte keine Ahnung von dem Unterschied zwischen dem, was er erlebt hatte, nämlich während des Kriegs eine beschränkte Menge Butter und Fleisch zu bekommen, und dem, was ich erlebt hatte, als ich im Abfall nach einer Kartoffelschale suchte. Es gab wirklich keinen Weg, über meine eigenen Erfahrungen zu sprechen, ohne seine zu verharmlosen, deshalb beschloss ich, überhaupt nicht über Polen und den Krieg zu sprechen. Ich versuchte, in meinem neuen Leben jene Jahre hinter mir zu lassen, so wie ich im Zug den Hut zurückgelassen hatte. Natürlich kann man Erinnerungen nicht so leicht zurücklassen wie einen Hut. Man kann nicht vor ihnen davonlaufen, sie blieben jeden Tag bei mir.

Meine Eltern und ich konzentrierten uns darauf, ein neues Zuhause zu gründen und Arbeit zu finden. Wir blieben ein paar Wochen lang bei meiner Tante Schejne, die jetzt Jenny hieß, bevor wir in eine Einzimmerwohnung in dem Haus umzogen, in dem mein Onkel Morris wohnte, der Bruder meiner Mutter. Meine Eltern bezogen das Schlafzimmer, und ich baute mir in der Küche ein Bettgestell – ein absoluter Fortschritt im Vergleich zu den überbelegten Pritschen in den Konzentrationslagern. Ich empfand große Dankbarkeit.

An drei Abenden in der Woche besuchten wir Englischkurse für Ausländer an der Manual Arts High School. Mein Vater fand bald eine Arbeit als Hausmeister an einer Grundschule. Es war nicht dasselbe wie vor dem Krieg, als er ein gefragter Facharbeiter gewesen war, aber er gab sich große Mühe und blieb weiterhin optimistisch. Mit über fünfzig und mit eingeschränkten Englischkenntnissen blieben ihm nicht viele Möglichkeiten. Ich arbeitete am Montageband in einer Fabrik, die Einkaufswagen herstellte. Für den Anfang war es gut, eine regelmäßige Arbeit zu haben, die keine besonderen Sprachkenntnisse erforderte, aber ich wusste, dass ich mit einer derartigen Beschäftigung nicht den Rest meines Lebens verbringen wollte.

Meiner Mutter fiel es besonders schwer, Englisch zu lernen. Doch allmählich kannte sie genug Wörter, um einzukaufen und sich mit den Nachbarinnen zu unterhalten. Sie und mein Vater traten dem Narewka Benevolent Club bei, der von Juden gegründet worden war, die in den frühen 1890er Jahren in die Staaten eingewandert waren. Die Clubmitglieder trafen sich regelmäßig, um zu singen, zu tanzen, in Erinnerungen zu schwelgen und Geld für wohltätige Zwecke zu sammeln. Wie glücklich sich meine Eltern priesen, zu denen zu gehören, die etwas geben konnten.

Meine Mutter gab sich ganz der Aufgabe hin, für meinen Vater zu sorgen und ein Heim für uns zu schaffen. Getrennt von der Welt, in der sie aufgewachsen war, kam sie mir einsam und in der Fremde ausgesetzt vor. Natürlich hörte sie nie auf, an die Söhne zu denken, die sie verloren hatte, vor allem an Tsalig, weil sie so hilflos daneben gestanden hatte, als er abgeführt wurde.

Mir fällt es leicht, Sprachen zu lernen, deshalb dauerte es nicht lange, bis ich mich mühelos auf Englisch unterhalten konnte. Mit der Hilfe von Onkel Morris wurde ich von den US Electrical Motors als Maschinenschlosser angestellt und schrieb mich am Los Angeles Trade-Technical College ein. Ich lernte aus Büchern, was mein Vater durch die Praxis gelernt hatte, aber wir beide arbeiteten zusammen, um die Herausforderungen der Umrechnung des metrischen Systems in die entsprechenden Inches, Feet und Yards zu bewältigen. Eineinhalb Jahre lang ging ich morgens in den Unterricht und arbeitete nachmittags und abends bis Mitternacht. Wenn ich mit meiner Schicht fertig war, schlief ich auf dem Heimweg regelmäßig im Bus ein. Der Busfahrer war ein freundlicher Mann, der mich kurz vor meiner Haltestelle weckte. Früh am nächsten Morgen fing ich wieder von vorn an. Es war hart, aber so sah ich es nicht. Hart war die zermürbende Arbeit in Płaszów gewesen. Mein Tagesplan war ermüdend, aber die Arbeit war die Mühe wert und interessant. Obwohl ich alt genug war, um eingezogen zu werden, als der Korea-Krieg begann, wurde ich für die Zeit, die ich als Student eingetragen war, zurückgestellt. 1951 beendete ich die Handelsschule und, pünktlich wie ein Uhrwerk, lag meine Einberufung zur Armee im Briefkasten, obwohl ich damals noch kein amerikanischer Staatsbürger war. Ich ging zuerst nach Fort Ord in Monterey, Kalifornien, zur Grundausbildung, und dann nach Aberdeen in Maryland. Für viele junge Männer, die an ein Zivilleben mit Freiheit und Privatsphäre gewöhnt waren, war das Leben beim Militär hart, und es gab viel Gemurre. Ich hörte die anderen schimpfen und musste einfach lachen. Ich bekam ein Bett für mich allein, ich hatte anständige Kleidung, mehr als genug zu essen, und ich wurde auch noch bezahlt! Warum sollte ich mich da beklagen? Wenn die Ausbilder uns beschimpften, wir sollten unsere Schuhe besser putzen, dachte ich nur: »Na ja, erschießen wird man mich dafür nicht.« Ich freundete mich mit ein paar jungen Männern aus Staaten an, deren Namen ich noch nie gehört hatte: wie zum Beispiel Kentucky, Louisiana, Nord- und Süddakota und so weiter. Wenn mich jemand fragte, woher ich kam, sagte ich nur Los Angeles. Inzwischen war mein Englisch gut genug, um mit einer so großspurigen Antwort durchzukommen.

Gegen Ende meiner Ausbildung wurde ich auf eine Basis außerhalb von Atlanta, Georgia, versetzt. An einem Wochenende bekamen wir einen Passierschein, um in die Stadt zu gehen. Ich nahm den Bus und setzte mich auf meinen Lieblingsplatz ganz hinten, um ein bisschen zu dösen. Ich war verblüfft, als der Fahrer anhielt und zu mir nach hinten kam. »Du kannst nicht hier sitzen«, sagte er, »die hinteren Sitze sind für Neger. Du musst nach vorn kommen.« Seine Worte trafen mich wie ein Schlag. Plötzlich fühlte ich mich in das Krakau von damals versetzt, als die Nazis uns Juden befohlen hatten, hinten im Bus zu sitzen (bevor sie uns ganz verboten, öffentliche Verkehrsmittel zu benutzen). Die Bedingungen waren andere, trotzdem platzte ich fast vor Wut. Warum gab es etwas Derartiges in Amerika? Ich hatte irrtümlich angenommen, dass eine solche Diskriminierung etwas Einmaliges war, nur für

Juden, die unter der Unterdrückung durch die Nazis litten. Jetzt entdeckte ich, dass es in diesem Land, das ich schon angefangen hatte zu lieben, ebenfalls Ungleichheiten und Vorurteile gab.

Bevor meine Versetzung nach Übersee festgelegt wurde, testete man mich in verschiedenen europäischen Sprachen. Die Vereinigten Staaten hatten viele Militärstützpunkte in Europa. Da ich gute Ergebnisse in Deutsch, Polnisch und Russisch vorweisen konnte, erwartete ich eigentlich, in Deutschland oder Polen stationiert zu werden. Doch ich wurde in eine ganz andere Gegend versetzt, nämlich nach Okinawa, Japan. Ich verbrachte sechs Monate in Okinawa, wo ich in einer Einheit von Armeeingenieuren diente. Ich beaufsichtigte einundzwanzig Japaner in einer Maschinenhalle und wurde vom Obergefreiten zum Unteroffizier befördert. Für mich war das eine große Sache. Ich war sehr stolz auf diese beiden Streifen auf dem Ärmel meiner US-Armeeuniform.

Als ich entlassen wurde und nach Los Angeles zurückkehrte, beschloss ich, meine Ausbildung fortzusetzen. Die Militärbescheinigung machte das möglich. Ich traf mich mit einem Berater des Los Angeles City College, der mich nach meinem Abschlussdiplom der höheren Schule fragte. Ich erklärte ihm, dass ich keines hätte, mein offizieller Schulbesuch habe geendet, als ich gerade mal zehn war. Er war so verblüfft, dass ich ihm meine Vergangenheit erklärte.

Der Berater zog meine Erfahrung bei der Armee in Betracht und irgendetwas klickte. Er schlug mir vor, ich solle vielleicht Gewerbelehrer werden. »Wenn Sie eine Drei als Durchschnittsnote erreichen, können Sie am College bleiben und einen Abschluss bekommen«, versicherte er. Ich konnte es kaum glauben. »Das ist alles, was ich zu tun habe?«, fragte ich. So sei es, versicherte er mir.

Ich schloss mit einer viel besseren Note ab. Ich bekam mein Diplom vom College und wechselte zum Cal State Los Angeles, wo ich das Abitur machte und eine Lehrberechtigung bekam. Dann schaffte ich noch meinen Master in Pädagogik an der Pepperdine University.

1959 fing ich meine Arbeit als Lehrer an der Huntington Park High School an. Dort blieb ich neununddreißig Jahre. Im Lauf der Jahrzehnte ließ ich meine Erfahrungen aus dem Zweiten Weltkrieg immer weiter hinter mir. Gelegentlich, wenn jemand eine Spur von Akzent bemerkte und mich fragte, woher ich käme, antwortete ich vage: »Aus dem Osten.« Ich erklärte nicht, dass damit etwas anderes als die Ostküste der Vereinigten Staaten gemeint war.

Ich war weit herumgekommen, und es war mir gelungen, ein eigenes Leben aufzubauen, trotzdem fühlte ich mich erst wirklich geheilt, als ich Lis traf, meine zukünftige Frau. In meinem sechsten Jahr an der Huntington Park High School, im Januar 1965, kam sie, um Englisch als Zweitsprache zu unterrichten, und sie faszinierte mich sofort. Ich nehme an, ich beeindruckte sie auch. Sie hatte geplant, nur ein Semester in Südkalifornien zu bleiben, aber ich redete es ihr aus. In den folgenden Monaten verbrachten wir viel Zeit miteinander. Ich fing an, ihr Geschichten aus meiner Vergangenheit zu erzählen, die ich noch nie erzählt hatte, seit ich in die Vereinigten Staaten gekommen war. Am Ende des Semesters waren wir ein Paar. Wir heirateten in jenem Sommer. Ein paar Jahre später zogen wir nach Fullerton, Kalifornien. Wir haben eine Tochter und einen Sohn, die wir als normale amerikanische Kinder aufgezogen haben, ohne die Last meiner familiären Vergangenheit. Ich erzählte ihnen so lange nichts von meinen Erfahrungen als Kind und als Jugendlicher, bis sie alt genug waren, um es zu verstehen. Ich wollte unseren Kindern das Gefühl der Freiheit mitgeben, sie sollten keine Angst haben. Natürlich erzählte ich ihnen, als sie älter waren, nach und nach von meiner Vergangenheit.

Mein Bruder und meine Schwester haben ebenfalls geheiratet und in Israel eigene Familien gegründet. David hat drei Söhne und eine Tochter und lebt noch immer im Kibbuz Gan Shmuel, das berühmt ist für seine Obstgärten und den Export von Fruchtkonzentraten und tropischen Fischen. Pesza hatte ihren Namen in Aviva geändert, nachdem sie in Israel eingewandert war. Sie hat drei Kinder, sechs Enkel und eine kleine Urenkelin. Sie lebt in Kiryat

Khayim, einem schönen Städtchen nördlich von Haifa, am Mittelmeer.

Für meine Eltern war es viel schwerer als für mich, in dem neuen Land zurechtzukommen. Sie hatten das Unvorstellbare überlebt, ebenso wie drei ihrer Kinder, aber der Krieg hatte eine Wunde in ihrem Herzen hinterlassen, die niemals heilte. Es verging kein Tag, an dem sie nicht an Herschel und Tsalig und all die Verwandten dachten, die sie verloren hatten. Auch körperlich hatten die Jahre des Leidens ihren Tribut verlangt. Einmal hatte ein Wachmann, als wir in Płaszów waren, meine Mutter mit einem Holzbrett gegen den Kopf geschlagen. Dieser Schlag hatte ihr Trommelfell zerstört. Sie sagte, mit diesem Ohr könne sie für den Rest ihres Lebens die Schreie ihrer beiden ermordeten Söhne hören.

Mein Vater nahm weiterhin Englischunterricht, denn er war fest entschlossen, diese Sprache zu beherrschen. Er tauschte seinen Job als Hausmeister gegen einen Arbeitsplatz als Maschinist in einer Fabrik. Schon bald zeigten sich seine Geschicklichkeit und seine handwerkliche Erfahrung, und das half ihm, etwas von dem Stolz und dem Selbstrespekt wiederzufinden, den er in den Jahren vor dem Krieg hatte. Er sprach selten über das, was wir im Zweiten Weltkrieg durchgemacht hatten. Und er blieb das Zentrum in der Welt meiner Mutter. Als er 1971 starb, war es gut, dass sie zwei Enkelkinder hatte, die nicht weit von ihr wohnten und ihr über die Trauer hinweghalfen. Sie starb fünf Jahre nach meinem Vater.

Oskar Schindler schlug sich nach dem Krieg mehr schlecht als recht durch. Sein Ruf als Kriegsgewinnler passte nicht zu einem Geschäftsmann in Friedenszeiten. Er ließ sich auf eine ganze Reihe abenteuerlicher Unternehmungen ein, die nicht erfolgreich waren, und ging mehr als einmal bankrott. Gegen Ende seines Lebens lebte er von Unterstützungen, die er von jüdischen Organisationen erhielt. Für viele seiner deutschen Kameraden war Schindler ein Vaterlandsverräter, ein Judenfreund. Schindler starb 1974 in ärmlichen Verhältnissen in Hildesheim, im damaligen Westdeutschland.

Bis zu seinem Tod hielt Schindler Kontakt mit einigen seiner früheren Arbeiter. Unsere Dankbarkeit bedeutete ihm viel. Er betrachtete uns, die »Schindlerjuden«, als die Kinder, die er nie hatte. Und er hatte darum gebeten, in Jerusalem beerdigt zu werden. »Meine Kinder sind hier«, hatte er einmal gesagt. Er ist auf dem Berg Zion begraben, das einzige Mitglied der nationalsozialistischen Partei, das dort liegt. Wenn man sein Grab besucht, sieht man, dass es mit kleinen Steinen und Kieseln bedeckt ist, Zeichen der Erinnerung, die jene hinterlassen haben, die ihn kannten, und auch andere, die ihn nicht kannten, sich aber an all die Leben erinnern, die er gerettet hat, und an den Mut, den er gezeigt hatte.

Ab und zu treffe ich in den Vereinigten Staaten andere Schindlerjuden. Ich habe den Kontakt mit Mike Tanner wieder aufgenommen, der in Schindlers Fabrik in Krakau an der Maschine neben meiner arbeitete. Leopold Page, der ein ganzes Stück älter war als ich, hing sehr an Schindler und machte es sich zur Lebensaufgabe, die Welt darüber zu informieren, wer Schindler war und was er getan hatte. Ich traf Leopold Page, als er meine Eltern aufsuchte und mit ihnen sein Projekt besprach, Schindler zu helfen. Er und seine Frau Mila waren am Flughafen, als Schindler 1965 nach Los Angeles kam.

Es war ein glücklicher Zufall, dass der Schriftsteller Thomas Keneally in das Koffergeschäft kam, das die Pages in Beverly Hills besaßen, und fasziniert von der Geschichte war, die ihm Mister Page erzählte. Leopold Page feierte das Erscheinen von Keneallys Buch *Schindlers Liste*, 1982, und lieferte wertvolle Einsichten zu Steven Spielbergs gleichnamigen Film. Er starb 2001.

Seine Frau Mila, die auch auf der »Liste« war, lebt noch und ist eine liebe Freundin geworden. Sie ist das letzte noch lebende Gründungsmitglied des *The 1939 Club*, eine Organisation von Holocaustüberlebenden, die meisten aus Polen, und ihren Nachkommen.

Mein eigenes Leben änderte sich mit dem Erscheinen von Spielbergs Film *Schindlers Liste*. Bis zu diesem Zeitpunkt hatte ich fast immer über meine Vergangenheit geschwiegen. Als plötzlich ein so starkes Interesse an dem Film aufkam, überdachte ich meinen Widerstand, von meinen Erfahrungen zu erzählen. Kurz nach der Premiere des Films fand mich Dennis McLellan, ein Reporter der *Los Angeles Times*, über Spielbergs Produktionsfirma. Er rief bei uns zu Hause an, hinterließ eine Telefonnummer und bat um ein Interview. Ich ignorierte den Anruf einige Tage lang, bis Lis mich ermahnte, ihm zumindest eine höfliche Antwort zu geben, egal ob ja oder nein. Inzwischen hatte ich beschlossen, ihm definitiv abzusagen. Ich war nicht bereit für ein Interview über meine Holocaust-Erfahrungen. McLellan war jedoch ein hartnäckiger Reporter und auf jeden Fall zu schlau und zu beharrlich für mich, denn am Ende unseres Telefongesprächs erklärte ich mich einverstanden, ihn für ein »Gespräch« bei uns zu Hause zu empfangen.

Eines Abends kam er nach der Arbeit vorbei. Wir unterhielten uns, und ich war schnell beeindruckt von seinem ernsthaften Interesse und seiner Wissbegierde. Als er höflich fragte, ob er seinen Kassettenrekorder benutzen dürfe, sah ich keinen Grund, das abzulehnen. Inzwischen besaß er mein volles Vertrauen. Nachdem wir einige Stunden miteinander gesprochen hatten, fragte er, ob er ein Foto von mir machen dürfe. Ich stimmte zu und erwartete, er würde eine Kamera herausziehen. Stattdessen öffnete er die Haustür und rief: »Okay, du kannst reinkommen.« Ein

Fotograf, der Stunden zuvor mit McLellan angekommen war, trat ein und machte ein paar Fotos von mir. Am folgenden Sonntag, dem 23. Januar 1994, prangten meine Geschichte und mein Foto auf der *Orange County Edition* der *Los Angeles Times*.

Nach dem Erscheinen dieses Artikels fielen meine Schüler und Kollegen geradezu über mich her. Ein junger Mann, der sich in meiner Klasse nicht besonders ausgezeichnet hatte, rannte mir auf dem Campus hinterher. Er griff nach meiner Hand, schüttelte sie und sagte: »Mister Leyson, ich bin so froh, dass Sie es geschafft haben.« Ich habe die vollkommene Aufrichtigkeit seiner Worte nie vergessen. Freunde, Studenten und Lehrer fragten mich, warum ich ihnen nie erzählt hatte, was ich im Krieg durchgemacht hatte. Ich wusste nicht so recht, was ich antworten sollte. Vielleicht war ich all die Jahre wirklich noch nicht so weit gewesen, über meine Erfahrungen zu sprechen, oder die Menschen waren noch nicht bereit gewesen, zuzuhören, oder beides. Das neue Interesse der Gesellschaft berührte mich tief. Ich fing an, Einladungen anzunehmen, um meine Geschichte in Kirchen, Synagogen und in politischen, militärischen, zivilen und philanthropischen Organisationen zu erzählen, sowohl in meiner Stadt als auch überall in den Vereinigten Staaten und in Kanada.

Im Jahr 1995 traf ich Dr. Marilyn Harran, Professorin

und Gründungsdirektorin des Rodgers Center for Holocaust Education an der Chapman University in Orange, Kalifornien. Sie ermutigte mich, an der Chapman University und anderen Orten Vorträge zu halten. Chapman wurde für mich zu einem zweiten Zuhause. Ich werde mich immer dankbar an die Abschlusszeremonie von 2011 erinnern, als die Universität mir einen Ehrendoktor der humanistischen Wissenschaften verlieh. Im Beisein meiner Frau, unserer Kinder und Enkel und meiner Freunde erlebte ich einen der stolzesten Tage meines Lebens. Ein kleiner Junge, dem man gesagt hatte, er wäre nicht gut genug für die Schule, war jetzt »Dr. Leyson«. Ich konnte mir vorstellen, wie stolz meine Eltern gewesen wären.

Sie hätten nie geglaubt, dass ein wunderbarer Filmemacher in Los Angeles namens Fritz Coleman, der mich bei der Chanukka-Lichter-Zeremonie interviewte, beschloss, weitere Gespräche mit mir zu führen und einen halbstündigen Film zu drehen. Meine Geschichte. *Ein Kind auf Schindlers Liste* wurde im Dezember 2008 auf KNBC ausgestrahlt. Ich war begeistert, als Fritz und sein Mitarbeiter, Kimbert Liponi, einen lokalen Emmy für ihre Arbeit gewannen.

Jetzt halte ich oft Vorträge. Sie sind spontan, ich verwende keine Notizen, deshalb ist jeder einzelne anders. Ich sage, was ich gern sagen möchte. Wenn ich spreche, folge ich der Geschichte, die Sie gerade gelesen haben. Es fällt mir nie leicht, zu berichten, was ich durchmachen musste, denn egal wie viele Jahre es her ist und was für eine Entfernung zwischen dort und hier liegt, versetze ich mich selbst in den Jungen, der ich einmal war. Jedes Mal, wenn ich darüber spreche, empfinde ich wieder den Schmerz angesichts des Leids meiner Eltern, ich fühle die Kälte und den Hunger jener vielen Nächte in Płaszów und den Verlust meiner Brüder. Der Moment, als Tsalig von uns weggerissen wurde, verfolgt mich jeden Tag.

Als ich älter und selbst Vater geworden war, ist meine Bewunderung für meine Eltern und all ihre Versuche, uns zu beschützen, gewachsen und sogar noch größer geworden als meine Bewunderung für Oskar Schindler. Im Lauf der Jahre habe ich aus Büchern und Dokumentationen und vor allem durch meine Mitüberlebenden von Schindlers Liste mehr darüber erfahren, was Schindler getan und was er riskiert hatte, um unser Leben zu retten. Sein Buchhalter Itzhak Stern glaubte, Schindler habe sich verpflichtet gefühlt, Juden zu retten, nachdem er eine Massentötung bei der Liquidierung des Krakauer Ghettos gesehen habe. Er hatte schon immer Mitgefühl für die jüdischen Zwangsarbeiter empfunden, doch von da an verstärkte er seine Bemühungen, so viele Juden zu retten wie möglich. Mit Geld aus Schwarzmarktgeschäften kaufte er das Grundstück neben seiner Emalia-Fabrik, baute Baracken und überzeugte Kommandant Göth mit Schmeicheleien und beträchtlichen Geldsummen, dass es die Produktion steigern würde, wenn er seine Arbeiter neben sich hätte. Sein wirkliches Ziel war es, seine Arbeiter vor Płaszów und dem sadistischen Göth in Sicherheit zu bringen.

Schindler ging mutig Risiken ein, trotz der möglichen schrecklichen Konsequenzen. Er geriet immer wieder ins Visier der Nazis wegen Korruption und wegen seiner unorthodoxen Behandlung der Juden. In den Jahren einer noch nie da gewesenen Unmenschlichkeit achtete Schindler den Wert ausgerechnet jener Menschen, die von den Nazis als unwert betrachtet wurden und die man ihrer Meinung nach vernichten musste. Meist schmeichelte er den Machthabenden und jenen, die ihm feindlich gesinnt waren, und überhäufte sie mit großzügigen Bestechungen und Geschenken, die für die hochrangigen Nazis, für Lagerkommandanten, SS-Offiziere und lokale politische Größen einfach zu verlockend waren. Und er wusste wirklich, wie man Feste feierte.

Oskar Schindler wurde 1943 verhaftet und kurze Zeit wegen seiner Schwarzmarktaktivitäten ins Gefängnis gesteckt. Im selben Jahr drohten die Nazis, seine Fabrik zu schließen, wenn er nicht bereit war, von Emaillewaren auf Kriegsbedarf umzustellen. Schindler war gezwungen, nachzugeben, aber paradoxerweise war es genau diese Umstellung, die gegen Ende des Kriegs unsere Leben rettete, als Schindler argumentierte, seine »Facharbeiter« müssten mit ihm nach Brünnlitz umsiedeln. Ein Argument, seine Emaillearbeiter wären unabkömmlich, hätte bei den entscheidenden Autoritäten nichts ausgerichtet, doch das Argument, wir wären unverzichtbar für die deutsche Munitionsproduktion, leuchtete ihnen ein.

Als andere deutsche Fabrikbesitzer ihre Gewinne nahmen und aus Krakau flohen, um ihr Leben und ihren Besitz zu retten, bemühte sich Schindler noch mehr, seinen Juden zu helfen. Hätte er das nicht getan, wären die meisten von uns in Auschwitz oder in anderen Lagern umgekommen. Obwohl wir gegen Kriegsende in Brünnlitz fast verhungerten, schafften wir es, zu überleben, weil Schindler sich dazu entschied, sein Geld auszugeben, um etwas zu essen für uns zu kaufen.

Er tat alles in seiner Macht Stehende, um uns zu schützen. Ihm ist es schließlich zu verdanken, dass ich nicht durch die letzte Kugel des Kriegs starb.

Als jüdisches Kind kämpfte ich damals jeden Tag ums Überleben. Ich hatte keine Wahl. Schindler, ein einflussreicher Nazi, hatte die Wahl. Zahllose Male hätte er uns im Stich lassen können, er hätte sein Geld nehmen und fliehen können. Er hätte entscheiden können, dass sein eigenes Leben davon abhinge, unseren Tod hinzunehmen. Aber er tat es nicht. Stattdessen gefährdete er jedes Mal, wenn er uns beschützte, sein eigenes Leben, und das aus keinem anderen Grund, als dass er damit das Richtige tat. Ich bin kein Philosoph, aber ich glaube, dass man Oskar Schindler als heldenhaft bezeichnen muss. Er hat bewiesen, dass eine einzige Person sich gegen das Böse stellen und den Unterschied ausmachen kann.

Ich bin der lebende Beweis dafür.

Ich erinnere mich an ein Fernsehinterview mit dem Geisteswissenschaftler und Schriftsteller Joseph Campell, das ich einmal gesehen habe. Ich habe nie seine Definition eines Helden vergessen. Campell sagte, ein Held sei ein gewöhnlicher Mensch, der »das Beste in den schlimmsten Zeiten« tue. Oskar Schindler ist die Personifizierung dieser Definition.

Noch Jahre nach dem Krieg hörte ich nicht auf, meinen Bruder Tsalig in Menschenmengen zu suchen. Immer wieder sah ich einen jungen Mann, der ihm ähnlich sah, und für den Bruchteil einer Sekunde stieg Hoffnung in mir auf. *Er ist zurückgekehrt*, dachte ich, *er ist entkommen*. Wenn jemand es hätte schaffen können, wäre es mein heldenhafter Bruder gewesen. Doch jedes Mal verwandelte sich die Hoffnung in bittere Enttäuschung. Tsalig war nicht entkommen. Er war nicht wie durch ein Wunder wiederaufgetaucht, weder im Ghetto noch irgendwo anders. Jahre später erfuhr ich, dass keiner aus dem Transport, der Tsalig und Miriam nach Bełżec brachte, überlebt hatte.

Meine Frau Lis und ich leben in Fullerton, Kalifornien, wo wir uns 1971, an unserem sechsten Hochzeitstag, niedergelassen hatten. Unsere Tochter Constance Miriam (Stacy) und ihr Mann David leben in Virginia und haben drei Söhne, Nicholas, Tyler und Brian. Tyler hat als zweiten Vornamen Jacob, zu Ehren seines Großvaters. Unser Sohn Daniel und seine Frau Camille leben in Los Angeles und haben eine Tochter, Mia, und zwei Söhne, Benjamin und Silas. Daniel hat als zweiten Vornamen Tsalig, ebenso wie sein Sohn Benjamin. In beiden lebt nicht nur der Name Tsalig weiter, sondern auch etwas von seinem Geist. Da bin ich sicher.

Leon Leyson
15. September 2012

NACHWORT

Leon Leyson starb am 12. Januar 2013. Er hatte seit mehr als drei Jahren an einem T-Zellen-Lymphom gelitten. Er hat die schwere Krankheit tapfer ertragen. Nie hat er sein freundliches Verhalten verloren, auch nicht seinen Sinn für Humor. Er erlebte noch, dass Peter Steinberg sein Manuskript betreuen wollte, aber nicht mehr, dass der Verlag Atheneum zusagte, sein Buch zu veröffentlichen. Der Antrieb, der Leon dazu brachte, seine Geschichte Jahr um Jahr zu erzählen, obwohl er jedes Mal den herzzerreißenden Kummer wieder erlebte, war, das Andenken an seine Familie und an die Millionen anderer Opfer des Holocaust zu ehren. Ich weiß, dass es ihn glücklich machen würde, zu wissen, dass mit diesem Buch die Erinnerung an seine Lieben, an seinen Helden Oskar Schindler und an die Zeiten unaussprechlichen Elends für Generationen bewahrt bleiben.

Mir scheint, die beste Art, diesen Mann zu verstehen, dessen Geschichte gerade erzählt wurde, sind die Beiträge seiner Tochter Stacy Miriam und seines Sohnes Daniel

Tsalig anlässlich der Gedenkfeierlichkeiten, die Dr. Marilyn Harran am 17. Februar 2013 arrangiert hat.

Die folgenden Texte sind leicht gekürzt.

Elisabeth B. Leyson

Von Stacy:

Viele Menschen, Freunde und Fremde, waren so nett, ihre wunderbaren Erinnerungen an meinen Vater mit mir zu teilen – Erinnerungen an Leon, den Freund, den Onkel, den Cousin, den Nachbarn, den Kollegen, den Lehrer. Als ich sie mit meinen eigenen Erinnerungen verglich, erkannte ich ein gemeinsames Thema, und wenn ich meinen Vater mit einem Wort beschreiben müsste, wäre es »großzügig«.

Er war großzügig mit seiner Geschichte, die er mit Zuhörern überall im Land teilte. War es ihm wichtig, wie groß die Gruppen waren? Nein. Kümmerte es ihn, an welche Religion sie glaubten? Nein. Gab er irgendeiner Gruppe das Gefühl, weniger wichtig zu sein? Nein. Hat er je Geld dafür verlangt? Nein.

Und er nahm sich immer die Zeit, hinterher Fragen zu beantworten und sich Kommentare anzuhören. Und oft genug hat er die vorgegebene Zeit überzogen, aber das schien keinen zu stören.

Er war großzügig beim Umgang mit seinem Geburtstag. Aufgrund kultureller Traditionen und seiner ziemlich traumatischen Kindheit war er nicht sicher, an welchem Tag er geboren wurde. Er hatte nur eine vage Vorstellung und entschied sich für den 15. September. Die Tatsache, dass sein zweiter Enkel 1995 an genau diesem Tag geboren wurde, bestätigte ihn in dem Gefühl, die richtige Entscheidung getroffen zu haben. Mein Vater bemühte sich immer, ihren gemeinsamen Geburtstag mit Tyler Jacob zusammen zu feiern, auch wenn er dazu oft durch das ganze Land fliegen musste.

Er war großzügig mit seiner Begeisterung. Er genoss es, wenn seine Kinder, seine Enkel und seine Schwiegerkinder etwas gelernt hatten, egal wie unauffällig oder normal das Erreichte auch sein mochte. Und wenn er telefonierte, fehlte nie die Frage: »Wie geht es meinem Bagel-Freund?« Er und sein dritter Enkel, Brian, teilten die Liebe zu Bagels.

Er freute sich, wenn er hörte, dass ein Enkelkind sitzen gelernt oder einen neuen Zahn bekommen hatte. Er liebte es, wenn meine Söhne Musik machten, auch wenn sie gerade erst anfingen, ein Instrument zu lernen und es sich für uns andere nicht besonders gut anhörte. Er schaffte es, dass man sich gut fühlte, wenn man etwas so Einfaches wie ein Kreuzworträtsel hinbekommen oder einem Kind beigebracht hatte, die Schuhe zu binden. Zu Hause war er der Geschirrspüler vom Dienst, und das tat er auch, wenn er mich und meine Familie besuchte. Eines meiner Lieblingsfotos ist das, auf dem er seine Hände in eine volle Spüle getaucht hat und lächelt, als wäre dies das größte Vergnügen, das ein Mensch haben kann.

Er war großzügig mit seinem Wissen. Er war nie zu beschäftigt, um eine Frage zu beantworten und die Sache so lange zu erklären, bis man sie verstanden hatte – sogar wie kürzlich, in seinem letzten Dezember. Mein Vater hatte eine ganze Sammlung von eher ungewöhnlichen Messgeräten. Nick, mein ältester Sohn, war sehr interessiert an einem bestimmten Gerät. Zu dieser Zeit verbrachte mein Vater die meiste Zeit schlafend in seinem Zimmer, ein Versuch, sich Erleichterung von seinen ständigen Schmerzen zu verschaffen. Normalerweise fühlte er sich ein paarmal am Tag ein bisschen besser, so dass er für kurze Zeit Besucher empfangen konnte. Eines Abends, als wir alle um sein Bett versammelt waren, um eine solche Gelegenheit auszunutzen, erkundigte Nick sich nach diesem geheimnisvollen Gerät. Mit offensichtlicher Freude erklärte mein Vater die Mechanik und die Anwendung dieses Gegenstandes auf eine Art, dass wir es alle verstanden. Es schien ihn für ein paar Momente von seiner Realität zu befreien. Er sagte, wie das Instrument zu montieren war, und erklärte an Beispielen, wie und wann man es benutzte. Er beantwortete Fragen. Nick sagt: »Er hatte immer Zeit, meine Fragen zu beantworten, und er schien über alles etwas zu wissen.« Nun, falls jemand wissen wollte, wie eine Messuhr funktionierte, brauchte man ihn nur zu fragen.

Mein Vater war großzügig mit seiner Zeit. Er brachte mir bei, die Uhr zu lesen, und war so stolz, als ich fragte, wie viel Uhr es sei und gleich sagte: »Ach, lass nur, ich kann selbst nachschauen.«

In der dritten Klasse lernten wir das Einmaleins. Er und ich verbrachten viel Zeit am Küchentisch und übten und übten. Ich hatte irgendeine Blockade mit sieben mal acht, und wir wiederholten es immer wieder, bis ich es endlich konnte. Ich erzählte jedem meiner Kinder davon, als sie später das Einmaleins lernten, und keiner von uns vergisst jemals, dass sieben mal acht sechsundfünfzig ist.

Er trank sehr gern Kaffee und machte es sich zur Gewohnheit, »einen kleinen Spaziergang« zum nächsten Starbucks zu machen. Mein Ehemann teilt diese etwas sonderbare Liebe zu Starbucks, und wann immer die beiden in derselben Stadt waren, gingen sie gemeinsam zu Starbucks und genossen den Kaffee und das Zusammensein.

Besonders großzügig war mein Vater mit seinem Lachen. Er liebte gute Witze, und war sich sogar für weniger gute nicht zu schade. Er schien für jede Gelegenheit einen passenden Witz parat zu haben. Wenn zum Beispiel ein mit Butter bestrichener Toast mit der Butterseite auf den Boden fiel, sagte er gern: »Ich glaube, ich habe das Brot auf der falschen Seite geschmiert.« Er hatte ein wunderschönes Lächeln und ein großzügiges Lachen.

Einmal sagte er: »Die Wahrheit ist, dass ich mein Leben nicht im Schatten des Holocaust gelebt habe.« Die Erlebnisse meines Vaters während seiner Jugend in Europa waren außergewöhnlich, aber sie haben ihn nicht zu der Person gemacht, die er war. Nicht dass diese Erfahrungen keinen großen Einfluss gehabt hätten, natürlich hatten sie das. Aber es waren nicht diese wenig beneidenswerten Ereignisse seines jungen Lebens, die ihn definierten. Er war es, der die Ereignisse definierte. Jene Kindheitserlebnisse wischten nur den jugendlichen Luxus des Auf-sich-selbst-Konzentriertseins weg, um den Charakter jenes Mannes freizulegen, zu dem er bestimmt gewesen war.

Stacy Leyson Wilfong

Von Daniel:

Als mein Vater starb, war ich sehr besessen von ihm. Als die Rabbiner ihn bei der Beerdigung priesen, dachte ich: *Halt, er gehört mir!* Und das war nur halb als Scherz gemeint. Er war mehr als ein Zeuge der jüdischen Geschichte. Er war mein Vater. Er ging mit mir Fischen, er brachte mich zum Fußballtraining, zum Baseball, zum Basketball. Er war bei all meinen Wasserpolospielen dabei. Er war ein glücklicher Mann, und wir hatten ein glückliches Leben. Wir haben sehr viel gelacht.

Nun folgen ein paar Dinge über ihn, die helfen werden, meinen Vater kennenzulernen.

Er hatte ein gutes Gehör für Musik und für Sprachen. Er lernte Sprachen sehr leicht und sprach sie mit perfektem Akzent, zum Beispiel Englisch, Jiddisch, Polnisch, Hebräisch und Deutsch – und auch Russisch gut genug, dass sowjetische Soldaten ihn kurz nach dem Krieg in Krakau als russischen Deserteur verhaften wollten. Ungarisch sprach er fließend, so dass seine ungarischen Bekannten im DP-Lager dachten, er sei wirklich Ungar. Außerdem sprach er ein bisschen Tschechisch, Japanisch und Spanisch.

Er tolerierte die meisten meiner musikalischen Phasen. Er mochte die meisten Bands, die ich mochte, und wir sprachen oft über die Bedeutung von Songtexten. Wir hatten beide eine Vorliebe für Lieder in Moll, ich glaube, diese Tonart erinnerte ihn an die alte Heimat.

Er hatte einen Schwarzen Gürtel in Judo, spielte ziemlich gut Tennis und war ein ausgezeichneter Bowlingspieler mit einem wahnsinnig guten Bogenwurf. Er brachte mir bei, dass der erste Schluck Bier immer der beste ist. »Wenn sie doch den ersten Schluck in Flaschen füllen könnten«, sagte er einmal. Später dachte ich: *Sie füllen doch den ersten Schluck ab, oder etwa nicht?*

Er erzählte mir, er habe nichts gewusst, bis er fünfzig war. Meiner Meinung nach wusste er, wie alles funktionierte, und er konnte alles reparieren. Er hatte auch für jede Situation den richtigen Rat. Er hat mir so ziemlich alles Nützliche beigebracht, was ich weiß, zum Beispiel wie man scheinbar unlösbare Aufgaben angeht. »Einen kühlen Kopf bewahren und einfach anfangen«, sagte er. Nun, da er nicht mehr da ist, wünschte ich, ich hätte ihm besser zugehört, denn er wusste alle möglichen Dinge. Das lag an seiner einmaligen Lebenserfahrung.

Er mochte Kaffee. Schwarz. Und das sehr.

Der Rat, den er mir am liebsten gab, war: »Sei nicht dumm.« Ein guter Rat. Ich machte eine Menge dumme Sachen, als ich aufwuchs. Ich tue es noch immer. Hier ein Fall:

Vor ein paar Monaten kam mein Vater vorbei, als ich mit Reparaturen im Haus beschäftigt war. Die Schranktür meiner Tochter scheuerte über den Teppich, deshalb beschloss ich, sie mit der elektrischen Säge, die er mir kürzlich gegeben hatte, etwas abzusägen. Ich fühlte mich ziemlich gut, als ich die Tür in die Garage trug. »Mach eine Kerbe hinein«, sagte er. Ich dachte: *Ich weiß doch, wo an der Tür oben und unten ist, ich brauche keine Kerbe.* Natürlich sägte ich das falsche Ende der Tür ab, und jetzt gibt es am oberen Ende einen großen Spalt. Und der Schnitt ist auch nicht gerade. Er hat es mir lange vorgehalten. Doch sein letzter Kommentar dazu, bevor er starb, war: »Es ist okay. Weißt du, wie oft ich das gemacht habe?«

Ich nehme an, es ist für junge Erwachsene normal, dass sie anders sein wollen als ihre Eltern. Auch bei mir gab es eine Zeit, in der ich das wollte. Aber ich bin kein junger Erwachsener mehr, und als ich ihn dann in seinem Hospizbett sah, dachte ich immer nur: *Ich möchte so sein wie er, so weit es geht.* Er war ein ganz besonderer Mensch, er kann nicht einfach verschwinden. Das Beste, was ich jetzt hoffen kann, ist, mein Leben so zu führen, dass er stolz auf mich wäre. Ich werde versuchen, das zu tun.

Daniel Leyson

Auf der nächsten Seite:
Leons Name (als Leib Lejzon)
auf Schindlers Liste

KL Groß-Rosen - AL Brünnlitz / Häftl.-Liste (Männer) - 18.4.45. Blatt 5

Lfd. Nr.	H.Art u.Nat.	H.Nr.	Name und Vorname	Geburtsdatum	Beruf
41.	Ju.Po.	69o77	Allerhand Salo	15. 6.28	Tischlergeh.
42.	"	8	Beckmann Samuel	12. 7.21	Kutscher
43.	"	69o8o	Hilfstein Edward	17. 9.24	Wasserinst.Ges.
44.	"	1	Altmann Dawid	9. 5.17	Wasserinst.Ges.
45.	"	2	Danziger Eduard	16. 2.o9	Konstruktionszeichner
46.	"	3	Beer Alter	11.11.11	ang.Metallverarb.
47.	"	4	Bau Josef	18. 6.2o	Zeichner/Graphiker
48.	"	5	Böttner Mojzesz	2. 5.18	Tischlermeister
49.	"	6	Freimann Leib	1. 7.o5	Schneiderges.
5o.	"	7	Glücksmann Siegfried	3o.12.o6	Maschinenbautechn.
51.	"	8	Balsam Salomon	4. 4.o3	Maurer
52.	"	69o9o	Binder Alter	21. 3.o6	Lackierermeister
53.	"	1	Baum Julius	17.1o.o7	Malerges.
54.	"	2	Bratkiewicz Natan	8. 7.11	Schuhmachermeister
55.	"	3	Ausübel Dawid	31. 3.o9	Stanzer
56.	Ju.Dt.	4	Beck Friedrich	25. 6.86	Zahnarzt
57.	Ju.Po.	5	Buchsbaum Jakob	3. 4.21	ang.Metallverarb.
58.	"	6	Beder Fischel	15. 6.14	Tischlergeh.
59.	"	7	Brauner Jerzy	23. 7.26	ang.Metallverarb.
6o.	"	8	Grabner Chaim	4. 5.97	Klempnerges.
61.	"	9	Blecheisen Mendel	1. 6.o8	ang.Metallverarb.
62.	"	691oo	Berger Chaim	1. 3.1o	Schmiedeges.
63.	? "	1	Dreiblatt Majer	21. 5.o9	Maschinentischler
64.	"	2	Abzug Emanuel	1o. 6.o4	Schreibkraft
65.	"	3	Braun Rafael	9. 6.25	ang.Metallverarb.
66.	"	4	Berlinerblau Lewi	25.12.99	Schreibkraft
67.	"	5	Oestreicher Jakob	7. 5.17	Schlosserges.
68.	"	6	Rosa Naftali	11. 9.13	Tischler
69.	"	7	Adler Alexander	25. 8.23	ang.Metallverarb.
7o.	"	8	Bialywlos Alexander	4. 6.23	Glaser
71.	"	9	Abusch Josef	28.1o.12	Maler-Lackiererges.
72.	"	6911o	Baldinger Izak	11.11.22	Schlosserges.
73.	"	1	Herz Dawid	24. 6.23	Wasserinst.Ges.
74.	"	2	Gurewicz Meilech	22. 8.21	ang.Metallverarb.
75.	"	3	Blaufeder Jakob	12. 8.o9	ang.Metallverarb.
76.	"	4	Blatt Henryk	31. 5.2o	Kutscher
77.	"	5	Dringer Dawid	19.1o.21	ang.Automechaniker
78.	"	6	Kornblau Jakob	29. 3.o8	ang.Metallverarb.
79.	"	7	Goldberg Efraim	3. 4.17	ang.Metallverarb.
8o.	"	8	Grauer Wilhelm	3.12.14	Werkzeugschlosserges.
81.	"	9	Groß Oskar	23. 4.14	Maschinenbauingenieur
82.	"	6912o	Kukurutz Roman	6. 8.17	Schlossergeh.
83.	"	2	Koscher Sanja	6. 2.18	Schneiderges.
84.	"	3	Haber Ignacy	11. 5.15	ang.Metallverarb.
85.	"	4	Dortheimer Wigdor	16. 9.18	Maler-Lackierermstr.
86.	"	5	Landesdorfer Izak	7. 4.23	ang.Metallverarb.
87.	"	6	Friedmann Leon	2[illegible]. 4.o9	Elektrikermeister
88.	"	7	Lejzon Dawid	1. 8.27	Eisendrehergeh.
89.	"	8	Lejzon Leib	15. 9.29	Eisendrehergeh.
9o.	"	9	Lejzon Moses	15.12.98	Eisendrehermeister
91.	"	6913o	Glicenstein Abram	16. 4.16	Schlosserges.
92.	"	1	Hecht Zygmunt	24.1o.26	Tischlerges.
93.	"	2	Minkowski Maurycy	23. 6.o5	ang.Metallverarb.
94.	"	3	König Jakob	14. 9.16	ang.Metallverarb.
95.	"	4	Goldstein Bernard	3. 1.o3	ang.Metallverarb.
96.	"	5	Geller Motio	18.12.o8	Schlosserges.
97.	"	6	Dresner Jonas	4. 9.23	Autoschlosserges.
98.	"	7	Feigenbaum Ludwig	28.11.24	Autoschlosserges.
99.	"	6914o	Malsner Chaim	28.12.o5	ang.Metallverarb.
oo.	"	69141	Dresner Juda	26. 3.93	Stanzer

./.

Die Familie Leyson um 1930. (von oben links, im Uhrzeigersinn:) Tsalig, Herschel, Chanah, David und Pesza.

Lwowska 19. Die Wohnung der Leysons im Ghetto von Krakau war im zweiten Stock.

Der Schuppen hinter dem Haus im Ghetto, wo Leon sich mit seiner Mutter und seinen Freunden versteckt hatte.

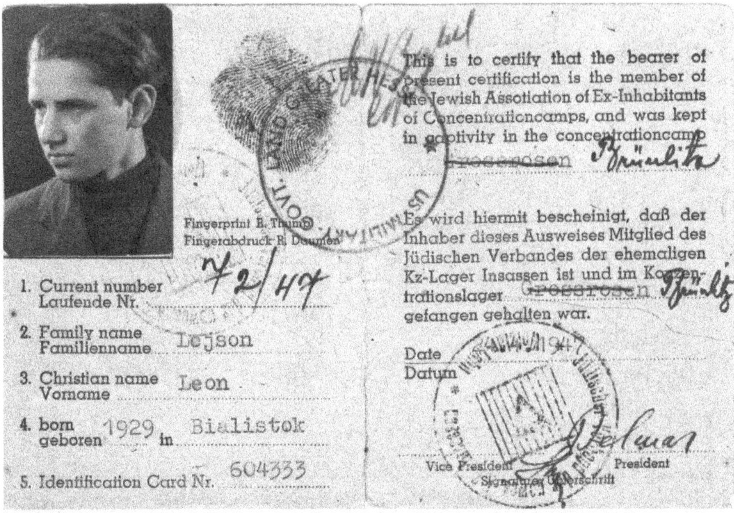

Fingerprint R. Thumb
Fingerabdruck R. Daumen

1. Current number / Laufende Nr. 72/47
2. Family name / Familienname Lejson
3. Christian name / Vorname Leon
4. born / geboren 1929 in Bialistok
5. Identification Card Nr. 604333

This is to certify that the bearer of present certification is the member of the Jewish Association of Ex-Inhabitants of Concentrationcamps, and was kept in captivity in the concentrationcamp ~~Grossrosen~~ Brünlitz

Es wird hiermit bescheinigt, daß der Inhaber dieses Ausweises Mitglied des Jüdischen Verbandes der ehemaligen Kz-Lager Insassen ist und im Konzentrationslager ~~Grossrosen~~ Brünlitz gefangen gehalten war.

Date / Datum

Vice President President
Signature / Unterschrift

Leons Ausweis im Displaced Persons Camp, 1947.

Von links nach rechts: Leon, Chanah und Mosche, 1948.

Leon mit Hut (zweiter von rechts) und Mosche (dritter von rechts) und einige namentlich nicht bekannte Freunde in Deutschland, um 1948.

Leon (zweiter von links) in der US Army in Georgia, 1951.

Leon bei der Abschlussfeier
der California State University,
Los Angeles, 1958.

Lis und Leon an ihrem Hochzeitstag im Juli 1965.

Oskar Schindler in Israel, in den 1960ern.

Von links nach rechts: Mila Page, Oskar Schindler, Lis, Leon, David und eine nicht bekannte Frau am Flughafen von Los Angeles, Herbst 1965.

Leon im Werkraum der Huntington Park High School, 1963.

Von links nach rechts:
Lis, Leon und Pesza, 1985.

Stacy und Leon am Bring-dein-Kind-mit-zur-Schule-Tag der Huntington Park High School, 1972.

Stacy und Leon, 1985.

Daniel und Leon, 1987.

:on, Daniel und Lis, 1990.

Im Uhrzeigersinn: Leon, Nick, Tyler und Brian, 1999.

Leon und Mia, 2010.

Leon und Ben, 2011.

eon und Silas, 2012.

Leon, mit seinem DP-Ausweis, 1995.

Leon und Marilyn J. Harran, 2010.

Leon beim Empfang der
Ehrendoktorwürde an der
Chapman University, 2011.

Leon und David im Januar 2011
in Gan Shmuel, Israel.